ÉVELYNE BRISOU-PELLEN

L'ÉTRANGE CHANSON DE SVETI

Illustrations de
FRANÇOIS DAVOT

Castor Poche Flammarion

Évelyne Brisou-Pellen

L'auteur habite en Bretagne. C'est un pays plein de mystères et de traditions, et c'est peut-être pour cela qu'elle aime se pencher sur les histoires du passé et les faire revivre.
Évelyne Brisou-Pellen s'inspire souvent de personnages ayant existé, et aime en inventer d'autres qui auraient pu exister. C'est cela écrire un roman !
Dans *L'étrange chanson de Sveti,* vous trouverez des histoires vraies (celle de Pierson, celles qui racontent les pèlerins, etc.) et, bien que l'aventure de Sveti soit imaginaire, elle aurait pu être réelle, et même, peut-être, l'a-t-elle été ?... »

Du même auteur, dans la collection Castor Poche :
Le trésor des Aztèques, n° 171.

François Davot

L'illustrateur de l'intérieur a été instituteur durant dix ans. Depuis plusieurs années, il se consacre entièrement à l'illustration. Il a illustré différents albums du Père Castor et plusieurs Castor Poche. Marié, il est père de deux jeunes garçons et habite avec Monique, sa femme, dans une petite ville à côté de Troyes.

Zaü

L'illustrateur de la couverture est né le 25 avril 1943 à Rennes. Il a suivi des études à l'école Estienne avant de s'orienter vers l'illustration dans le domaine de l'édition, de la presse et de la publicité.

1. Un nom de famille?

Lorsque la nuit était noire, et que les roues du chariot avaient cessé de grincer, Sveti sentait son cœur battre plus vite.

Ce soir n'était pas un soir ordinaire, car le vent chantait dans les branches des arbres. Sveti écoutait, sans respirer... Oui, c'était presque la chanson de son père, celle qu'il fredonnait toujours. Si elle fermait les yeux, il allait lui apparaître, le même que celui des songes passés, un peu plus grand peut-être, un peu plus précis, un père rien qu'à elle. Alors il ne faudrait plus bouger : car au

moindre mouvement, tout disparaîtrait.
– Sveti, tu dors?

Sveti ne répondit pas. Non, ce soir aucune voix ne viendrait la troubler, surtout pas celle de Kali. Elle voulait imaginer que son père était un prince serbe.

– Sveti!

Bien sûr, Kali ne dormait pas non plus, mais Kali ne savait pas rêver, elle ne savait que parler.

Rien ne bougea dans la roulotte, que la toile bise gonflée par le vent... Après tout, son père était peut-être vraiment un prince?

– Réponds, Sveti, je suis sûre que tu ne dors pas!... Sais-tu que demain nous serons au royaume de France?

Bien sûr que Sveti le savait. Pas plus tard que ce soir, le comte de Petite-Egypte l'avait dit à la vieille Baboline. Elle l'avait bien entendu, tout aussi bien que Kali!

Le royaume de France... Cela faisait une année que la troupe du comte de Petite-Egypte n'y était pas revenue. Sveti était sûre que c'était là son unique chance de retrouver son père. Pourquoi? Elle n'aurait su le dire. Sans doute en avait-elle entendu parler dans sa petite enfance! Oui... On lui avait parlé de la France... Cependant, la France n'était pas son pays!

Sveti était née bien loin, par-delà les montagnes de l'Est, dans un pays de collines et de plaines qu'on appelait la Serbie*.

C'était au plus froid de l'hiver, alors que les arbres craquaient sous le poids du gel. Un homme était venu, qui lui avait dit des choses qu'elle comprenait mal. Il était grand et fort, avec une barbe grise et des yeux très noirs sous son front basané. Il lui avait tendu la main et, d'un geste puissant, l'avait soulevée dans ses bras. A la place où elle était accroupie dans la neige, au bord de la rivière gelée, il n'y avait plus qu'un trou un peu plus sombre et, à l'orée du bois, une petite maison dont la cheminée ne fumait plus.

* Serbie : Une des républiques aujourd'hui indépendante de la Yougoslavie.

Maintenant, tout cela était loin, si loin qu'il ne lui restait de cette époque que quelques images confuses, et aussi une chanson, une mélodie plutôt, car elle n'arrivait pas, malgré tous ses efforts, à se souvenir des paroles.

Ensuite, la route. Les chemins de neige, les chemins de pluie, et de soleil aussi, souvent. Des hivers gais, tout pleins de bleu, des hivers blancs, lumineux, des jours mornes et tristes, d'autres pâles et sereins. Les étés éclatants et les printemps timides dans les sentiers boueux, les montagnes aux pentes vertigineuses, puis les plaines sages et policées, les rivières qu'on passe à gué, avec de l'eau jusqu'à la taille... Sveti s'endormit.

Le feu luisait encore un peu au centre du campement tsigane. Les tentes semblaient toutes pâles sous la lune. Il y eut un hennissement, puis le silence s'installa.

Ce n'était pas le vent ni l'aube qui éveillait Sveti. Sa musique intérieure tout à coup s'arrêtait, parfois dans un grand cri de douleur. Alors elle se redressait, toute pâle, sans savoir ce qu'était ce cri. Elle n'aurait pas su dire s'il venait d'elle ou de quelqu'un d'autre, mêlé à ses rêves.

Elle tendit la main sur sa droite, jusqu'à ce qu'elle sente sous ses doigts la chaude fourrure de Patzi. Alors, la boule qui l'étouffait disparaissait. Elle enfonçait doucement ses doigts dans les poils longs et épais. En fermant les yeux, elle pourrait même percevoir la couleur mordorée de la douce pelisse.

L'animal ne bougeait pas. Il soufflait juste un peu, pour signifier qu'il savait, qu'il comprenait. Depuis si longtemps qu'il vivait à ses côtés, nuit et jour...

Sveti se glissa contre la fourrure accueillante. La nuit était si froide. Peut-être était-ce cela qui l'avait réveillée et non le cri, comme elle le croyait à chaque fois. Oui, seulement le froid de la nuit... A voix basse, elle commença à fredonner sa chanson, à voix si basse que ce n'était qu'un souffle. Cet air au rythme vif chassait toujours sa mélancolie. Elle ferma les yeux.

Bientôt, ce serait le printemps, elle le sentait. Patzi aussi le savait. Il s'agitait davantage, dormait moins, s'éveillait parfois au petit matin. Il allait perdre sa chaude bourre d'hiver, et les poils voleraient dans la roulotte. Kali et les petits se plaindraient d'en avoir partout, même dans la bouche, mais elle, Sveti, elle les ramasserait, les petites touffes tièdes, et elle en ferait une couette, une bonne grosse couette, moelleuse et chaude, pour ne pas frissonner l'hiver prochain.

D'un geste léger, elle caressa la grosse tête velue, passa sa main sur la courbe des petites oreilles, qui frémirent d'agacement : Patzi détestait que l'on touchât à ses oreilles.

Un soupir profond, et l'ours se tourna sur le côté. Sveti se pelotonna tout contre son large dos. Si elle ne pensait plus à rien, elle pourrait se rendormir.

Patzi ronflait doucement maintenant. L'aube était-elle encore loin? Si c'était un jour de pluie, Sveti aurait tout le temps de réfléchir : elle ferait le voyage à l'abri de la roulotte. Elle en aurait le droit, car elle appartenait encore au groupe des enfants.

Ils n'étaient plus que quatre, les enfants; au début de l'hiver, la toux avait emporté Guillaume. Il ne restait que les deux petits, Charles et Jérémie, et puis Kali, qui avait dix ans...

« A peu près ton âge », disait toujours le comte à Sveti. Sveti protestait : elle était sûre d'être plus âgée. Mais comment savoir? Seul son père pourrait le lui dire...

Le jour où le comte l'avait recueillie dans la neige, il avait dit :

– A peu près quatre ans.

– Cinq! avait corrigé Baboline. Bien sûr, elle est petite et menue, mais à l'expression de ses yeux... cinq ans!

– Je n'ai aucun avis, avait ajouté Montmirail. Pour l'ours, par contre, je dirais... quatre à six mois, pas plus. Il faudra lui trouver du lait : à cet âge, il tète encore sa mère.

– Deux orphelins le même jour, cela n'arrive vraiment qu'à nous.

Cette voix, c'était celle du comte, qui résonnait dans la poitrine de Sveti tant il la tenait serrée contre lui. Sveti se rappelait ces paroles bien qu'elle n'eût pas compris à ce moment-là qu'elles la concernaient. Elle et aussi Patzi.

Sveti se retourna en prenant bien soin de rester dans la chaleur de l'ours. Aujourd'hui, ils allaient entrer en France pour la troisième fois, et il faudrait qu'elle renouvelle son spectacle, qu'elle enseigne un nouveau tour à Patzi. Cela faisait déjà plusieurs jours qu'elle y pensait, depuis que Montmirail lui avait dit avoir vu un ours danser sur un ballon. Patzi saurait-il faire quelque chose d'aussi difficile?

⁂

Sveti avait dû s'endormir. Lorsqu'elle ouvrit de nouveau les yeux, on devinait le jour à travers les planches mal jointes du chariot. Elle s'assit en silence. Les autres dormaient encore; il ne fallait pas faire de bruit, et contrôler ses gestes, tant la roulotte était petite. Un long frisson agita Patzi, qui se tourna sur le dos. Les pattes écartées, il avait vraiment l'air d'un bébé qui a grandi trop vite.

Sveti se faufila dehors. L'air était froid

et sec, mais, déjà, on devinait dans le ciel plus de mouvance : allait-il enfin perdre sa raideur bleue d'hiver?

La marche du chariot allait craquer, puis l'herbe glacerait ses pieds nus de mille gouttelettes de rosée. Sveti ne craignait pas la fraîcheur du petit matin. Vivement, elle remonta d'une main sa robe brune et contourna le chariot à petits pas pressés. Tout autour, les tentes étaient encore plongées dans le sommeil. On entendait le ronflement de Donnartin.

C'est à peine si Vaillant frémit, en sentant sur sa large croupe la main de Sveti. Le gros cheval roux tourna un peu, comme la main le lui demandait, et coucha ses oreilles de plaisir sous la caresse qui lui chatouillait le chanfrein, depuis les naseaux jusqu'à la hauteur des yeux.

Sveti aimait beaucoup Vaillant, un cheval fort et doux. Elle ne voulait monter que lui, bien que cela ne se passât pas sans difficultés : il était si haut, et elle si petite!

D'un geste précis, Sveti détacha le cheval et, le tenant par la corde, traversa avec lui le groupe des poulains, qui s'écartèrent en silence. A quelques mètres de là, il y avait une grosse souche, sur laquelle Donnartin avait fendu le bois, la veille. Sveti fit arrêter le cheval, grimpa sur la souche, et sauta. Si larges étaient les flancs que c'est à peine si les pieds de Sveti dépassaient de chaque côté. Elle s'agrippa à la crinière.

– Va! souffla-t-elle.

L'animal redressa la tête, fit quelques pas vers le bois, puis se mit au trot. Sur le sentier forestier, dans la pâle lueur du jour, il prit le galop. Sveti s'était couchée sur la solide encolure rousse, les mains serrées dans la crinière. Le temps s'envolait, le vent plaquait la froidure de la nuit sur son visage. Elle riait, les cheveux en désordre, respirant avec délice la forte odeur du cheval.

Vaillant galopa jusqu'à ce que le soleil leur fît un clin d'œil au bout de l'horizon, puis se remit au trot. Il avait fait demi-tour : il rentrait. Sveti ne dit rien, c'était toujours Vaillant qui décidait. Après tout, n'était-ce pas lui qui courait?

Sveti tapota l'encolure :

– Tu es le meilleur, dit-elle.

Vaillant souffla un grand coup, faisant vibrer ses naseaux veloutés, puis reprit le galop.

A la croisée du grand chemin, la route était barrée, non par un arbre tombé, non, Vaillant aurait sauté, mais par deux chevaux, montés par deux hommes en uniforme vert à galons dorés.

– C'est une gosse, dit l'un.

– A cette heure-ci..., fit son gros voisin aux joues rouges.

– Que fais-tu là? demanda le premier.

Sveti leva sur lui des yeux étonnés. Elle ne répondit rien. Les hommes en uniforme lui avaient toujours fait un peu peur.

– Je ne te connais pas, dit le gros, mais il y a fort à parier que tu es du camp tsigane.

– Non..., grogna l'autre. Je connais bien ces Egyptiens... Ils sont noirs de poil et de peau : celle-ci n'est pas de leur race! Elle est trop claire... Qui est ton père?

Cette question s'adressait à la fillette, qui fixait l'encolure du cheval pour éviter le regard froid de l'homme de police. Elle ne dirait rien.

Elle n'avait rien envie de dire.
– Bah! Laisse-la! grommela le rougeaud. Elle est sotte. Ou muette.
– Du tout! fit le premier en caressant sa moustache.

Il saisit brutalement la bride de Vaillant et approcha son visage de celui de Sveti.
– De quelle famille es-tu? Tu as bien un nom de famille, non?

Sveti ne savait pas ce qu'était un nom

de famille. Elle se sentait glacée. Que lui voulaient ces hommes? Son père... qui était son père?... en quoi cela les concernait-il?

D'un geste brusque, elle arracha la bride de la main du sergent et talonna Vaillant, qui d'un bond s'engouffra dans le bois. Sveti entendit derrière elle un juron, suivi de : « Sale petite...! » Ce fut tout. Les deux hommes ne la suivaient pas.

2. Les hommes de police

Lorsque Sveti rentra au camp, le soleil était déjà levé au-dessus de la forêt. Les deux hommes en uniforme étaient là, et parlaient avec le comte, Montmirail et Donnartin.

Le feu avait été rallumé et, au centre du campement, Baboline et Liance distribuaient aux trois enfants une bouillie d'avoine dont l'odeur de brûlé se faisait sentir jusqu'à l'orée du bois où l'on attachait les chevaux.

Sveti avait sauté à terre : tout allait bien, personne ne l'avait remarquée. En arrivant par le bois, elle avait évité les regards; il ne lui restait qu'à traverser le groupe de chevaux. Elle lâcha Vaillant parmi eux sans même prendre la peine de le rattacher, se faufila jusqu'au chariot par-derrière et alla s'accroupir à l'abri de la large roue ferrée.

– Une petite sauvage, disait l'un des hommes de police, avec des yeux noirs, montée sur un gros cheval roux.

Oui... le comte voyait... ce ne pouvait être que Svetlana.

– Ce n'est pas une tsigane! continua le gros homme d'un ton presque affirmatif.

– Non... elle vient des montagnes de l'Est.

– Pourquoi est-elle avec vous?

Le ton était plus que soupçonneux.

– Nous l'avons recueillie.

– Qu'entendez-vous par « recueillie »?

Montmirail prit son air goguenard :

– Monsieur sous-entend-il que nous l'avons subtilisée à quelque riche famille?...

L'incrédulité se peignit sur les traits du sergent. Il regarda Montmirail avec les yeux ronds de celui qui n'a rien saisi de ce qu'il vient d'entendre.

– Je veux dire, reprit-il avec brusquerie, ce que je dis : qu'entendez-vous par « recueillie »?
– Qu'est-ce qui nous prouve que ce n'est pas une enfant volée? crut bon de préciser son acolyte.

Le comte se redressa. Ses yeux étaient durs et froids.
– Je suis le comte de Petite-Egypte. Personne ne m'a jamais traité de voleur d'enfants. Ma famille est très liée avec celle des ducs de Rohan. Prenez des renseignements, au lieu d'accuser à tort et à travers! Ma troupe n'a rien à se reprocher.
– Nous n'accusons pas, dit l'homme de police, mal à l'aise. Nous nous renseignons.
– Eh bien, si cela peut vous satisfaire, nous avons trouvé Svetlana voilà cinq ans. La peste avait décimé toute sa famille. Voulez-vous des précisions sur ce que nous avons découvert? Dehors, trois tombes toutes fraîches, des petites tombes d'enfants. Sur un lit, la mère, morte. Un vieillard aussi, dans un coin, et deux enfants, une vieille femme qui

venait d'ouvrir la porte et qui était tombée là, foudroyée, en travers de l'entrée. C'est ce que vous vouliez savoir?

– Et le père? Le père, vous n'en parlez pas?
– Il n'y avait pas d'homme jeune. Nous ne savons rien à son sujet.
– Quel est son nom de famille? insista l'homme de police en essayant de garder son assurance devant ces trois hommes solides et sûrs d'eux.
– Nous l'ignorons. Sans doute ne le savait-elle pas... ou du moins nous ne le lui avons pas demandé. Vous nous excuserez, mais cela ne nous a pas paru important!
– D'ailleurs, railla Montmirail, à quoi bon un nom de famille? Les femmes tsiganes n'ont que leur prénom et s'en trouvent fort bien. Moi-même, voyez-vous, on me nomme Montmirail depuis si longtemps que je ne me rappelle plus si mes parents m'avaient donné un autre nom. Par contre, Donnartin... Ah! c'est son vrai nom, un nom de famille, comme vous dites. Et un prénom, en possèdes-tu un, Donnartin?

Le géant aux cheveux noirs qui venait d'être ainsi interpellé sursauta, et on eût même dit que son visage s'était empourpré. Il rougissait souvent, à la moindre difficulté, et comme il était curieusement imberbe, cela ne passait pas inaperçu.

Il bafouilla :

– Euh... oui... euh... moi, c'est Hiérosme.

– Ah, ah, ah! Hiérosme!

Montmirail riait à gorge déployée.

Il était seul à rire. La plume rouge de son grand chapeau tremblait et son pourpoint bien ajusté se tendait sur sa poitrine.

Donnartin semblait fâché, le comte restait de marbre, et les deux hommes en uniforme ne savaient plus quelle attitude prendre. Le gros avait passé son pouce dans son ceinturon, l'autre ôta son chapeau, lissa de sa main ses cheveux plats puis le remit. Tous deux se dirigèrent vers les femmes, et Sveti n'entendit plus rien.

C'était le moment de profiter de l'inattention des trois tsiganes pour se glisser dans le chariot par-derrière, par le trou qui, au fil des années, s'était ouvert dans la toile.

Le chariot trembla. La ficelle qui fixait les brancards à un arbre avait dû se détendre et la voiture, qui n'avait que deux roues, avait perdu de sa stabilité.

Patzi ne se réveilla même pas. Décidément, l'hiver ne semblait pas fini pour lui.

« Ton ours, disait souvent Robin, c'est une souche! »

Sveti n'aimait pas qu'on dise du mal de Patzi. D'ailleurs, Robin le faisait exprès, évidemment! Un ours, surtout un ours des Carpathes, doit hiberner, au moins un peu, tout le monde sait cela. Robin aussi. Vraiment, ce n'était pas pour rien que Robin était le neveu de Montmirail! Comme son oncle, il adorait se moquer de tout et de tous. Mais c'était aussi un agréable compagnon, toujours riant, ne prenant jamais rien au sérieux. Au fait, où était-il, Robin? Sveti ne se rappelait pas l'avoir vu au camp.

Le soleil entra d'un coup dans le chariot et fit sursauter la fillette : le comte avait soulevé la toile.

– Sors de là! dit-il sèchement.

Un moment, l'espace d'un éclair, Sveti

eut la tentation de fuir par le fond, par le trou. Mais elle ne le ferait pas, sa dignité le lui interdisait.

Elle se leva, toute droite, et descendit du chariot. Comme le comte ne disait rien, durant une fraction de seconde elle eut le fol espoir qu'elle pourrait rejoindre le groupe des enfants, et que ce serait tout.

Les hommes de police avaient disparu.

– Reste là! gronda le comte de sa voix grave.

Sveti s'arrêta brusquement, le souffle coupé.

Lentement, sans le regarder, elle se tourna vers le grand homme brun. Ses yeux fixaient sans le voir le bout de son épée, qui caressait l'herbe humide.

– Ne t'ai-je pas déjà dit de ne pas sortir seule, au petit matin?

Sveti ne bougeait pas.

– Où es-tu allée?

La fillette eut un vague geste de sa main crispée.

– Réponds, Svetlana!

Si le comte l'appelait Svetlana, c'est qu'il était très fâché.

– Dans le bois, fit-elle d'une petite voix... J'étais avec Vaillant...
– Avec Vaillant! s'exclama le comte. Crois-tu vraiment qu'il saurait te protéger contre les loups? Trois ou quatre bêtes affamées en viendraient à bout, le sais-tu?

Sveti était immobile. C'est à peine si elle respirait.
– Je t'interdis de recommencer, tu m'as bien compris, Svetlana?

Un timide signe de tête lui répondit.
– Va demander à Baboline une tranche de pain de fèves. Tu es privée de bouillie d'avoine.

Sveti sentait que l'air ne passait plus dans sa gorge. C'était le signe infaillible qu'elle avait envie de pleurer. Pourtant, elle ne le ferait pas, c'était décidé une fois pour toutes : elle ne pleurerait plus jamais. Elle respira profondément et fixa ses yeux sur ses pieds nus qui avançaient tout seuls sur l'herbe mouillée. Voilà qu'elle sentait maintenant des picotements dans son nez. Les remontrances du comte finissaient toujours par ces picotements.

Et puis, c'était décidé, elle ne prendrait même pas de pain.

Baboline la regardait venir. Des cheveux gris dépassaient de son large turban noir et rouge et caressaient sa grosse figure.

– Sveti! commença-t-elle, pourquoi as-tu refusé de répondre à ces hommes? Tu sais bien que cela ne peut nous attirer que des ennuis!

– Je ne veux pas de pain, dit Sveti.

Baboline ouvrit la bouche pour répondre, mais se contenta de secouer la tête. Elle leva les yeux sur Liance qui remplissait d'eau une bassine, et fit un geste d'impuissance. Liance répondit par une moue qui signifiait : « Laissons-la! »

Assis par terre, les deux petits n'avaient pas ouvert la bouche. Quant à Kali, elle était trop occupée à finir sa bouillie pour prendre un quelconque intérêt aux ennuis d'autrui.

– Sveti! Viens m'aider! demanda gentiment Liance en saisissant l'une des poignées du lourd baquet de cuivre.

Elle portait aujourd'hui sur sa robe

brune une cotte rouge qui faisait ressortir le ton mat de sa peau. Elle n'avait pas mis son turban, et ses longs cheveux bruns jouaient sur ses épaules.

Sveti se pencha pour prendre l'autre poignée.

– A deux, c'est tout de même moins lourd, dit Liance d'un ton encourageant.

Elle avait souri. Liance souriait toujours. Pas Sveti. Sveti n'avait jamais vraiment réussi à être gaie. Elle ignorait pourquoi, elle essayait, pourtant. Peut-être aurait-elle été, alors, aussi jolie que Liance?

– Attention, dit la jeune fille. On pose ici.

Elles se courbèrent toutes deux pour déposer le baquet d'eau près des chevaux. Même lorsqu'elle faisait un travail de force, Liance gardait son élégance. Elle se releva, passa ses mains dans ses cheveux et rit :

– Allez, les chevaux! Nous avons apporté de l'eau!

De sa main fine et vive, elle détacha d'abord les juments, qu'elle amena jusqu'au baquet.

Sveti regardait distraitement les museaux plonger dans l'eau. Ils semblaient grossir, se déformer, et ne retrouvaient leur dimension que lorsque le cheval relevait la tête.

– Où est Robin? demanda-t-elle sans quitter l'eau des yeux.

– Il chasse le serpent.

– Tout seul?

– Montmirail est parti le rejoindre.

Sveti passa la main sur la tête de Vaillant, qui venait s'abreuver à son tour.

– Je n'aime pas le serpent.

– C'est pour Charles : il a la gale.

– Charles n'aime pas le serpent non plus.

– Charles n'a pas le choix : s'il veut guérir , il doit manger du serpent. Baboline en a décidé ainsi, et tu sais bien qu'on ne discute pas les ordres de Baboline.

Sveti resta un moment à réfléchir, puis elle demanda soudain :

– Liance... tu voudrais m'apprendre à danser?

– Mais tu danses déjà très bien!

– Oh! pas comme toi!

Liance rit gaiement.

– Nous verrons ça! En attendant, il faut que j'aide à plier les tentes. Je peux te confier les chevaux? Quand ils auront tous bu, remets la selle à Lorso et attache le baquet dessus. Je vais dire à Kali de venir t'aider. Le soleil est déjà haut, il va falloir partir!

3. Une surprenante visite

– Tu ne peux pas chanter autre chose? s'exclama Kali. Cela fait bien une heure que tu fredonnes le même air.
– Je ne m'en aperçois pas, grogna Sveti en se redressant sur le siège de bois qu'elle partageait avec Kali.
– Tu devrais au moins essayer de te rappeler les paroles, ça serait plus gai!
– Je n'arrête pas d'essayer!

Elle poussa un soupir et ajouta :
– Je n'y arriverai jamais. Je ne sais plus un mot de ma langue d'origine, et les paroles de cette chanson sont forcément dans cette langue!

Elle ne dit pas combien cet air avait d'importance, que c'était son seul héritage, l'unique lien avec son passé, celui qui lui permettrait peut-être un jour de retrouver son père.

Kali ramena ses longues tresses bien soignées sur sa poitrine. L'air triste de Sveti lui donna des remords.

– Moi non plus, dit-elle en manière de consolation, je n'ai plus de parents.

– Tu as ton grand-père!

– Si on veut, dit Kali. Bien sûr, le comte est mon grand-père, mais il s'occupe autant de tout le monde, et pas plus de moi que de toi. Tiens, je suis même sûre qu'il s'intéresse davantage à toi.

Sveti regardait rêveusement devant elle.

– Il me gronde tout le temps, dit-elle au bout d'un moment.

– Tu exagères, Sveti! c'est toi qui ne fais que des sottises! Tiens, je vais en faire aussi, pour qu'il s'intéresse un peu à moi.

– Tu es trop sage. Tu ne saurais pas.

Kali soupira une seconde fois. Son visage rond avait pris une expression faussement résignée. Elle contemplait distraitement la pluie qui frappait de ses mille gouttelettes la croupe rousse de Vaillant. Malgré la boue du chemin, le cheval ne faiblissait pas et tirait puissamment le chariot des enfants.

– Donnartin dit qu'on est au printemps, dit Kali en criant pour couvrir le martèlement de la pluie qui redoublait de violence, mais je n'y croirai que lorsque je verrai des fleurs aux cerisiers!

Sveti sentit soudain un souffle chaud sur son cou, avant qu'un poids énorme ne s'abatte sur son épaule. Sans se retourner, elle pencha la tête sur le côté et posa sa main sur le mufle chaud et doux, caressant de sa joue la grosse tête de l'ours.

– Tu es enfin réveillé, Patzi! dit Kali. Quel paresseux tu fais! Remarque que tu n'as rien raté, à part le lever du soleil qui était très beau. Nous avons juste eu le temps de plier les tentes... et voilà...

A ce moment, le comte remonta le long du chariot. Il montait Baladin, le plus beau des chevaux de la troupe, tout noir avec son étoile blanche au milieu du front. Par-dessous son large chapeau de feutre ruisselant d'eau, il

jeta un coup d'œil dans le chariot.
– Si Patzi est réveillé, faites-le descendre. Vaillant a suffisamment de mal à tirer, et un peu d'exercice fera le plus grand bien à cet ours.

Le comte saisit Vaillant par la bride et l'obligea à s'arrêter. Il eut un geste autoritaire, sur l'interprétation duquel il n'y avait pas à se tromper : Patzi comprit fort bien et sauta à terre.

Le chariot repartit, au pas lourd du

cheval, tandis que le comte se dirigeait vers la tête du convoi; il dit quelques mots à Robin, qui montait Lorso, puis dépassa Liance et Baboline, l'une à cheval et l'autre sur l'âne Siloun, pour rejoindre Montmirail. Quelques secondes plus tard, il avait pris la tête de la caravane, devant Donnartin et sa mule boiteuse, une bête qui avait sans doute le même âge que son propriétaire et dont celui-ci ne se séparait jamais.

Le plus souvent, il faisait même le chemin à pied pour ne pas la fatiguer, Maria-Magdalena. Il lui parlait comme si elle avait été sa mère, et il ne fût venu à l'idée de personne de s'en moquer.

Montmirail et Robin s'étaient détachés du convoi et attendaient sur le côté. Quand le chariot fut passé, ils reprirent le chemin. C'était maintenant à eux de fermer la marche, de guetter, de protéger la troupe contre les brigands et les loups.

⁂

Sur le moment, Sveti n'avait rien compris à ce qui se passait. Vaillant avait trébuché et, tout de suite après, une forme sombre avait bondi dans le chariot, entre les deux fillettes.

Kali fut renversée vers l'arrière, et comme elle tenait les rênes, elle tira sur la bouche du cheval qui se cabra en poussant un cri de douleur. Roulant des yeux affolés, elle se releva d'un bond, prête à sauter hors du chariot.

– Pas peur..., bredouilla une voix tremblante.

Les deux gamines n'avaient même pas crié. Elles restaient là, suffoquées. La main potelée de Kali avait saisi le bras de Sveti, qui ouvrait des yeux plus étonnés que craintifs.

– N'ayez pas peur! répéta la voix.

Ce n'était qu'une forme noire au fond du chariot, parmi les couvertures.

Heureusement, les deux petits étaient absents, ils étaient avec leur père : Donnartin avait attaché Charles sur sa mule,

et glissé Jérémie dans le grand panier qui pendait près de l'encolure. Vaillant avait repris son chemin; personne n'avait rien remarqué, sauf un peu de nervosité de la part du cheval.

Immédiatement après, on entendit un bruit de cavalcade.

« Mon Dieu! pensa soudain Sveti, si c'étaient des chasseurs! » Elle cria :

– Patzi!

Mais l'ours marchait sagement auprès du chariot. La fillette poussa un soupir de soulagement : sa plus grande crainte avait toujours été de voir Patzi tué par des chasseurs. Trop souvent, l'ours courait dans les bois, et ne suivait la caravane que de loin.

Cinq hommes débouchèrent de la forêt. Ils portaient l'uniforme de la maréchaussée de France.

– Halte! cria l'un d'eux en levant le bras.

Le comte se retourna et, d'un geste calme, demanda à chacun d'arrêter sa monture.

– N'avez-vous pas aperçu un esclave, par ici?

– Nous n'avons rencontré personne depuis plusieurs lieues, dit le comte.
– Comment est-il, votre esclave? s'enquit Montmirail.

Les hommes de la maréchaussée remontaient maintenant la caravane vers le chariot.
– Noir! dit l'un. Noir comme la nuit.
– C'est vrai? s'exclama Robin. Oh! je n'ai jamais vu de Noir!
– Moi, j'en ai vu un! s'écria Kali, les yeux exorbités.

Elle ne comprit pas pourquoi Sveti lui pinçait le bras.
– Tu en as vu? s'étonna Robin.
– Mais oui! dit Sveti : il y avait un esclave noir chez le comte de Bühl, lorsque nous avons dansé chez lui, l'année dernière.
– Chez le comte de Bühl?

Robin était stupéfait.
– Ah, oui! reprit Sveti, tu n'y étais pas, tu avais la coqueluche.

Robin regarda Sveti avec incrédulité. Il ne comprenait rien mais quelque chose d'étrange était en train de se passer. Il n'avait jamais eu la coqueluche, ce que Sveti savait parfaitement, et c'était bien la première fois que la fillette parlait autant, surtout qu'on ne lui demandait rien.

La figure ronde de Kali exprimait un étonnement sans borne, malgré le regard sévère de Sveti qui lui enjoignait de se taire.

– C'est vrai! s'esclaffa alors Robin. Ah! ce que j'ai pu être malade!... Ainsi, j'ai raté un Noir! Moi qui n'en avais jamais vu, c'est bien ma veine! J'espère qu'on va voir celui d'aujourd'hui. Si on le voit, qu'est-ce qu'on fait?

– Vous le capturez, dit le sergent, et vous le remettez à la maréchaussée.

– Il est dangereux? demanda Kali en tremblant.

– Dangereux... non... C'est seulement un esclave qui s'est échappé.

– Si vous le reprenez, continua Kali, que lui ferez-vous?

– ... Ça ne te regarde pas, péronnelle! fit le sergent.

Mais un de ses hommes avait esquissé un geste qui ne trompait pas : le Noir serait pendu.

Les cinq hommes repartaient. Déjà la tension s'allégeait et on respirait mieux, lorsque le chef se ravisa.
– Cet ours est à vous? demanda-t-il, s'adressant à Montmirail.
– Il est à moi, dit Sveti, sur ses gardes.
– Pourquoi n'a-t-il pas de chaîne?

Sveti serra les dents : encore ce problème de chaîne, et d'anneau sans doute.
– Et l'anneau? ajoutait le sergent au même moment.
– Patzi n'est pas méchant! intervint Robin.
– Il n'aura pas d'anneau, dit lentement Sveti, les yeux fixes. On ne lui mettra pas d'anneau dans le nez. Je ne veux pas.
– Méfie-toi, petite sotte, gronda l'homme. On ne s'adresse pas sur ce ton à la maréchaussée. Un ours doit avoir un anneau, pour la sécurité de tous. S'il attaque quelqu'un, tirer sur l'anneau est la seule façon de lui faire entendre raison. Tu le sais?
– Vous avez raison, approuva vite Montmirail pour conjurer l'orage. Mais c'est très douloureux pour l'animal et Sveti le

refuse. J'ajoute que son ours est très doux.
– Doux ou non, si je le rencontre à nouveau sans anneau, je le tue.

Là-dessus, les cinq hommes disparurent au grand galop.

La caravane reprit sa route, au son grinçant des roues cerclées de fer.
– Merci, jeune demoiselle, murmura une voix dans le chariot.
– C'est vrai qu'il est noir, dit Kali. Noir avec des cheveux blancs!

L'homme sourit de toutes ses dents éclatantes.

⁂

Il s'appelait Bastien. Pas de son vrai nom, bien sûr. Son vrai nom, Sveti n'arrivait même pas à le retenir, tant il était bizarre. Ses maîtres avaient tenu à le baptiser dans la religion catholique, et c'est ainsi qu'il était devenu Bastien.
– Mon maître est mort, dit-il. Il n'était pas dur avec moi. Maintenant, on va me vendre à un autre, et je ne veux pas.

Il parlait d'une drôle de voix sourde,

avalant à moitié les *r*. Il était âgé, sans doute, ses cheveux blancs le disaient pour lui.

– Où vas-tu aller? demanda Kali. Si on te trouve, tu seras pendu!
– Je vais à Pamiers*, c'est le plus près.
– C'est fort loin! s'exclama le comte.
– C'est loin... mais la ville ne rend pas les esclaves évadés. Toulouse non plus, à ce qu'on dit, mais Toulouse, c'est encore plus loin!
– Tu ne peux malheureusement pas voyager avec nous, dit le comte. En tant que tsiganes, nous sommes sans cesse contrôlés. Si on te trouve parmi nous, tu seras pendu, et nous envoyés aux galères.
– Ne t'inquiète pas pour moi, fit Bastien en clignant malicieusement de l'œil. Tu vois, je suis noir comme la nuit, alors, la nuit... hé! on ne me voit pas!... Surtout si je ferme la bouche et les yeux!

Et il se mit à rire gaiement, comme si la vie n'était qu'une farce.

* Pamiers : aujourd'hui sous-préfecture de l'Ariège.

– Mais les loups... dit Sveti... ils te sentiront!

– Je n'ai pas peur des loups, jolie demoiselle. Dans mon pays, j'ai tué cinq lions en combat corps à corps.

– Où est-il, ton pays? fit Kali, intéressée.

– Mon pays, demoiselle, il est... au soleil!

Il cria ces derniers mots et disparut dans la nuit.

4. Le feu tsigane

– Ça sent drôle, dit Robin.

Il ferma les yeux pour mieux humer l'air, et conclut :

– Ce sont peut-être mes bottes!

Il n'en croyait pas un mot, mais cela lui donna une nouvelle occasion de regarder ses pieds, si merveilleusement chaussés de merveilleuses bottes d'un merveilleux fauve. Sa première paire de bottes! La preuve visible de sa promotion : désormais il était admis dans le clan des hommes! C'est vrai qu'il avait quinze ans. Son père serait fier de lui s'il pouvait le voir, et sa mère, si prompte à s'émouvoir de ses exploits. Malheureusement, la peste les avait emportés tous les deux, en même temps que la mère de Liance, en même temps que le père de Kali. Cette année-là, la mort avait fait des ravages... C'était l'année où ils avaient trouvé Sveti.

Robin tourna son regard vers la fillette.

– Mais..., fit-il, stupéfait,... qu'est-ce que tu t'es mis sur la figure?

Sveti haussa les épaules et ne répondit rien.

– Ah!... du brou de noix! s'exclama le garçon. C'est cela, cette odeur, n'est-ce pas?

Le regard de Sveti se durcit :

– Ainsi, on ne viendra pas demander sans cesse au comte si je ne suis pas une enfant volée.

Robin se mit à rire.

– Nous sommes venus chasser, dit sévèrement Sveti, alors chassons!

– Ah! ma pauvre, hoqueta Robin, riant toujours, le brou de noix te va bien, mais tes cheveux ne sont pas assez foncés : jamais tu n'auras l'air d'une vraie tsigane!

Sveti n'avait pas pensé à cela et resta décontenancée. Elle leva les yeux sur Robin, qui pouffait toujours en triturant la bordure de sa cape rayée. C'était vrai, les tsiganes avaient les cheveux sombres, et ceux de Robin retombaient en boucles noires sur ses épaules, exactement comme ceux de son oncle Montmirail. Il avait le même nez, aussi, légèrement aquilin, les mêmes yeux noirs... et, naturellement, un joli teint basané. Toutefois, son visage n'avait pas encore la classe de celui de Montmirail ou de celui du comte, auquel les rides donnaient tant de sévérité et de charme à la fois.

Robin avait cessé de rire. Le visage de son amie reflétait un désarroi dont il eut honte.

– Tu es très jolie ainsi, telle que tu es, Sveti, il ne faut pas vouloir changer! Justement, nous sommes tous sombres de peau, ça manque d'originalité!... Tu sais, lorsqu'on t'a trouvée dans la neige, ce qui m'a frappé, ce sont tes grands yeux noirs dans ton visage clair. Je t'assure, c'est très beau!

– Là-haut, souffla Sveti, un faisan!

Robin eut du mal à saisir le sens de ces paroles. C'était toujours ainsi : il se donnait du mal pour la consoler, et elle ne l'écoutait même pas! Il ne savait jamais par où l'atteindre.

Il ajusta la lourde arbalète, et tira. Vzzz... la flèche siffla et l'oiseau, sans un cri, tomba mort. Aussitôt, une grosse masse sombre fila dans les fourrés, pour réapparaître quelques secondes plus tard et, d'une démarche lente et digne d'ours bien élevé, apporter fièrement dans sa gueule le faisan vert et doré. L'ours le laissa tomber aux pieds de Robin, et vint quêter une caresse de la main de Sveti.

– Robin, murmura soudain la fillette, raconte-moi quand tu as trouvé Patzi.

Le front de Robin s'éclaira : si Sveti parlait de cette époque, c'est qu'elle avait dû entendre ses paroles de consolation, malgré tout.

– C'était, dit-il en s'efforçant d'imiter le ton grave de Baboline quand elle racontait des histoires, c'était le même jour que celui où on t'a trouvée, un peu plus tôt dans la matinée. J'étais avec Montmirail, et nous chassions dans les bois. Tout à coup, je vois un petit ourson dans la neige, tout velouté, attendrissant, une petite boule de poils marron, avec un collier de fourrure très claire en forme de V. Tu te rappelles?... Il l'a perdu vers deux ans, son collier... Je m'approche pour le caresser, sans me méfier de rien – tu sais, moi, j'avais à peine dix ans – et alors, mon oncle me saisit par mon caftan et me tire en arrière, très fort, en faisant « chttt... ».

« Je ne comprenais rien. Nous voilà tous les deux, marchant à reculons, en silence. Montmirail avait le visage tendu et l'œil aux aguets, au point que je commençais à avoir peur, peur de quoi, je l'ignorais, mais peur. Et puis, nous nous sommes mis à courir et, tout à coup, nous nous sommes trouvés nez à nez avec un groupe de chasseurs en train de dépecer un ours. Montmirail s'approche, regarde la bête, et voilà que les chasseurs se font menaçants : sans doute croyaient-ils que nous voulions notre part. Nous avons fait demi-tour... mais, nous revenions sur nos pas, vers le danger! J'avais de plus en plus peur. Je me rappelle que j'ai tiré Montmirail par son manteau, et qu'il s'est mis à rire en disant : " Voyons, Robin, il n'y a plus de danger : la mère est morte, tu le vois bien! Si nous avions touché à son petit, elle nous aurait tués; mais maintenant, il est tout seul, le pauvre. Viens! allons le chercher. "

« Voilà, conclut Robin, assez content de son récit, voilà comment Patzi, ourson des Carpathes, est entré dans la famille... Bon sang, je viens de voir passer un lièvre... »

Et Robin se mit à courir tout droit à travers les fourrés, sans prendre garde aux épines ni aux branches cassantes, bondissant par-dessus les troncs. Il avait disparu.

⁂

– Deux lièvres et un faisan, dit le comte, c'est fort bien. Nous les garderons pour demain.

– J'ai une faim... gémit Kali. Cette odeur... ah! quel délice! S'il te plaît, Patzi, tourne moins vite, tu ne lui laisses pas le temps de griller!

Il faisait presque nuit et, au centre de

la clairière, le bois lançait ses flammes jaunes à l'assaut du cochon qui rôtissait sur une solide broche de bois lisse. La broche prenait appui sur la fourche de deux branches fichées en terre. C'était l'œuvre de Donnartin, qui n'avait nul besoin de marteau pour enfoncer un piquet.

Imperturbablement, l'ours tournait la broche à son rythme, malgré les protestations de Kali. C'était un geste qu'il avait appris à faire lorsqu'il était tout petit, et il s'en acquittait à merveille. Il ne s'inquiétait jamais de la cuisson. Assis sur ses pattes de derrière, il regardait droit devant lui, tournant mécaniquement de sa patte droite. De temps en temps, il se retournait et changeait de patte. Robin prétendait que c'était à cause de la fatigue, mais Sveti ne partageait pas son avis : elle était persuadée qu'en fait Patzi en profitait pour se chauffer tantôt un côté, tantôt l'autre.
– Demain, dit le comte, nous commencerons à travailler. Toutefois, le village ne me semble pas très riche, et il ne faut pas s'attendre à des miracles.

– Nous aurons toujours assez, dit Montmirail : depuis plusieurs années nous mangeons à notre faim... Vous rappelez-vous les mois de famine, comte? J'ai même un jour échangé un anneau d'or contre une poignée de grains.

Le comte hocha longuement la tête.

– Ma mère, dit rêveusement Liance, possédait deux magnifiques bracelets d'or, qui lui avaient été donnés par le roi lui-même, le roi de France!... C'était une femme merveilleuse, une danseuse extraordinaire...

– Toute la cour était à ses pieds, ajouta le comte, la cour et son roi.

– Le roi ne voulait pas s'en séparer, reprit Liance avec un sourire affectueux qui s'adressait à sa mère, il l'avait même suppliée de rester auprès de lui, de ne pas retourner vers sa tribu, il lui avait promis des monceaux d'or et des bijoux. Savez-vous ce qu'elle a répondu? « Ma place est auprès des miens, de mes parents, de mes jeunes frères. Ils mourraient de faim si je ne leur venais plus en aide. » Et elle est repartie sur les routes.

– La belle Liance, murmura Baboline

en hochant la tête, c'était quelqu'un!
– On m'a raconté, dit le comte, qu'un poète célèbre avait voulu l'embrasser de force. Vous savez comment sont ces poètes de cour : sûrs d'eux et de leur charme. Celui-là n'est pas près d'oublier l'épée qu'elle lui a mis sur la gorge, la petite épée qu'elle portait toujours à sa ceinture. De ce jour, personne ne lui a plus manqué de respect!
– Quelle danseuse...! reprit Baboline. La grâce même!
– Je ne l'ai jamais vue danser, dit Montmirail avec regret.
– Moi-même, ajouta Liance, j'ai de la peine à m'en souvenir. Il y a si longtemps...

Personne ne dit plus rien. Seul le feu craquait et sifflait dans la nuit.
– C'est à cause de mon père..., reprit Liance d'une voix étouffée. Elle l'aimait tant... Quand il a été accusé et qu'ils ont voulu le pendre, elle s'est traînée aux genoux des juges, elle qui était si fière, pour supplier qu'on le laisse en vie. Ils n'ont rien voulu entendre... Après sa mort, jamais plus elle n'a chanté ni dansé.

Sveti n'écoutait plus. Son père, à elle, avait-il aimé sa mère? Et tous deux, aimaient-ils leur fille? Elle gardait de sa petite enfance des souvenirs doux, mais dataient-ils d'avant son arrivée dans la troupe?

Dix fois, vingt fois, le comte de Petite-Egypte lui avait dit qu'il ne savait rien de ses parents. Oui, toute sa famille était morte. Non, ils n'avaient pas trouvé de corps d'homme.

« Mon père est vivant! se disait alors Sveti. J'en suis sûre et je le retrouverai. »

La discussion était générale, et personne ne faisait attention à elle. Elle se déplaça lentement vers la droite jusqu'à Baboline, et la tira par son châle.

– Baboline! souffla-t-elle.

La vieille femme tourna la tête.

– Qu'est-ce que c'est, un nom de famille?

Baboline regarda la petite avec curiosité.

– Eh bien, c'est le nom que porte une famille. Chacun a un prénom et un nom, qui est le même pour toute la famille.

– J'ai un nom de famille, moi?

– Sans doute. Le nom de ton père.

– De mon père? s'exclama Sveti. Mais comment c'est, le nom de mon père?
– Mais Sveti..., tu sais bien que nous n'en avons aucune idée!

Baboline contempla un moment les grands yeux désespérés et crut bon d'ajouter :
– Tu es la seule à pouvoir le savoir, Sveti. Réfléchis : un jour, peut-être, tu te rappelleras!
– Je me rappellerai..., murmura Sveti, les yeux dans le vague.

5. De l'imprévu dans le spectacle

Sveti avait toujours été émerveillée par l'adresse de Montmirail. Il jonglait avec cinq, six, sept œufs, ses mains voltigeaient, on ne voyait même plus les œufs, seulement un grand ovale qui se dessinait au-dessus des mains. Montmirail passait sa tête dans l'ovale, et la foule applaudissait. Et puis, l'ovale devenait rouge, devenait bleu, c'est à peine si l'on voyait la main prendre une boule sur la table, et y déposer un œuf. La seule chose qui paraissait claire, c'est que le tas de boules rouges diminuait et que le tas d'œufs s'enflait. Puis, le tas de boules bleues commençait à s'amenuiser, et, lorsqu'il n'en restait plus, voilà que les boules rouges les avaient remplacées.

Montmirail avait beaucoup de succès. Il jonglait avec n'importe quoi : des noix, des pommes de pin, des poires, et même, une fois, avec des hérissons, cinq pauvres bêtes affolées qui s'étaient roulées en boule.

« Ça tourne bien, avait dit le jongleur en leur rendant leur liberté, mais ça pique trop! »

Il ne pouvait pas se douter que cet art de jongler avec tout ce qui lui tombait sous la main lui attirerait un jour beaucoup d'ennuis.

⁂

Tout d'abord, on n'avait vu personne. C'est comme si le village avait été désert. Et puis, les volets avaient tremblé un peu, les portes s'étaient discrètement entrebâillées, et des regards furtifs s'étaient glissés par les ouvertures.

C'est que Robin menait grand bruit. Il savait comme personne agiter bras et jambes pour faire sonner les grelots qui les enserraient. Il appelait cela « grelotter ». Et il tapait au rythme de la marche sur son tambour de basque, en faisant claquer sèchement les petites cymbales. Puis il s'arrêtait pour faire des bonds sur place dans le scintillement sonore de ses grelots, et agiter au-dessus de sa tête le petit tambour. Les cymbales sonnaient.

Il avait fière allure dans son pourpoint safran bordé de drap d'or, et son petit chapeau à plume sur l'oreille.

– C'est la fête! criait-il. C'est la fête sur la place. Qui veut voir le jongleur aux cent mains? Qui veut voir l'ours sauvage des Carpathes dompté par une fillette? Qui veut voir Hercule en personne?

Il se taisait un instant, faisait semblant d'écouter ici ou là les commentaires, puis s'écriait :

– Qu'est-ce que j'entends? Non! ne dites pas que vous ne pouvez pas venir parce que vous êtes malade, ou que vous avez mal aux dents! Baboline est avec nous, qui connaît tous les secrets du mal, et vous pourrez faire arracher vos vilaines dents par le comte de Petite-Egypte en personne, le seul homme qui délivre de la douleur sans faire souffrir. Et Liance dansera pour vour faire oublier tous vos malheurs. C'est la fête!

Il avançait encore un peu, toujours dansant, toujours sautant. Infatigablement, il parcourait le village, n'hésitant pas à entrer dans les cours de ferme, à visiter les maisons isolées, à s'engager sur le chemin des champs. Les hommes, les pans du surcot relevés et attachés à la ceinture, se redressaient lentement pour le regarder faire ses pitreries.

A chaque fois la prestation de Robin donnait de bons résultats : après tout, la distraction était si rare! On pourrait laisser là le travail, pour quelques instants, et aller rire un peu!

C'était toujours Montmirail qui commençait, avec ses œufs, ses boules bleues et ses boules rouges tournoyant au-dessus de sa tête. Tout le village était là, à pousser des « oh! » et des « ah! » quand les petits tas s'enflaient ou diminuaient. Ils restaient bouche ouverte au moment où le cercle changeait de couleur puis disparaissait comme un serpent qui se serait glissé dans une des manches de l'artiste.

Cachée derrière le chariot, Sveti ne perdait pas une miette du spectacle. Ne croyez pas qu'elle le connaissait par cœur : Montmirail ne faisait jamais deux fois la même chose. Ainsi, aujourd'hui, voilà que les œufs roulaient le long de son bras puis sur ses épaules, puis redescendaient sur l'autre bras. Un à un, Montmirail les rattrapait sur son pied nu.

« Bravo! criait-on. Bravo! »

Robin bondissait aux pieds des spectateurs en faisant des sauts périlleux, soudain – c'est à peine si on le voyait tendre les mains à Montmirail – il se retrouvait debout sur les épaules de son oncle et, l'instant d'après, sur sa tête, en équilibre sur une seule main.

Les costumes satinés des artistes brillaient dans la lumière, les rouges et les jaunes se mêlant comme une flamme.

« Bravo! » criait Kali, elle aussi.

Enfin, lorsque Robin avait fait la roue autour du cercle où ils jouaient, Patzi savait que c'était à lui. Sveti lui faisait juste un petit clin d'œil et tout était dit.

Sveti ne portait pas de costume de scène. Elle n'en voulait pas : elle disait que l'attraction devait être Patzi et seulement lui. Elle disciplinait juste un peu ses longs cheveux, dont les fines boucles s'entremêlaient sur ses épaules.

– C'est bien, disait Robin. Comme ça, Patzi et puis toi dans ta robe de bure, ça fait deux ours!

Sveti se moquait de ce que disait Robin. Elle n'aimait que cette robe et lorsqu'elle sortait du chariot et apparaissait dans le cercle de la scène, la foule poussait un « oh! » d'étonnement mêlé de crainte.

Invariablement, une voix murmurait : « Mais, il n'a pas d'anneau! », et tout le monde reculait un peu. Puis, dès qu'on s'apercevait que Sveti ne tenait même pas l'ours en laisse, on jetait des regards furtifs de droite et de gauche, pour évaluer les meilleures possibilités de fuite, au cas où le spectacle tournerait mal.

Sans perdre de temps, Sveti prenait son tambourin et commençait à frapper lentement. Elle ne pensait pas à tous ces yeux posés sur elle, elle regardait seulement Patzi, en l'encourageant par de petits mouvements de tête. Et puis elle se mettait à fredonner, toujours le même air. Ce n'était pas par hasard, bien sûr. Cette chanson était tout ce qui lui restait de sa famille d'avant et, follement, elle espérait qu'un jour un spectateur la reconnaîtrait.

Maintes fois, elle en avait rêvé : un homme venait la trouver après le spectacle, et lui disait : « Je connais cette chanson » ou bien : « Je connais un homme qui... » ou encore : « Je chantais cette chanson à mes enfants... »

L'ours, les pattes antérieures écartées, se trémoussait au rythme de la musique; peut-être était-ce la musique qui s'accordait au rythme de l'ours. Cela, nul n'aurait pu le dire.

Ensuite, Sveti se mettait à jouer de la flûte. Alors l'ours, prenant de ses pattes avant un petit instrument en vessie, portait l'embout de bois à sa bouche, et appuyait ses griffes une à une sur la vessie. On eût dit qu'il jouait vraiment, et ce numéro avait toujours beaucoup de succès.

Lorsque la flûte s'arrêtait, l'ours jetait

son instrument et roulait en galipettes jusqu'à l'endroit où se trouvait Kali, qui lui remettait une assiette en bois. Elle la posait sur sa patte ouverte, et l'ours, lentement, faisait le tour des spectateurs.

A ce moment-là, on aurait pu dire que le spectacle s'inversait : c'était aux acteurs de s'amuser à regarder les badauds.

L'ours, impassible, s'arrêtait devant chacun d'eux et attendait qu'on lui donne une piécette. Il poussait un petit grognement si le geste tardait, ou si quelqu'un faisait semblant de vouloir partir discrètement.

– Allons! disait Robin en riant. Vous vous êtes amusés, n'est-ce pas honnête de verser votre obole?

L'ours soufflait un peu, peut-être pour approuver, peut-être pour impressionner, et les sous tombaient dans l'assiette, parfois avec une nervosité qui disait bien l'envie de voir s'éloigner l'animal au plus vite.

Pourtant, c'est ceux-là même qui raconteront un jour à leurs enfants et aux enfants de leurs enfants comment ils se sont trouvés nez à nez avec un ours sans anneau, sans muselière et même sans chaîne. Et ils le raconteront avec un petit frisson qui se transmettra de génération en génération.

Le comte observait Sveti. Depuis longtemps, il avait compris pourquoi elle fredonnait cet air, et à la fin du spectacle, il était triste pour elle quand il voyait son regard plein d'espoir parcourir la foule. Jamais personne n'avait semblé reconnaître cette chanson mais un jour, qui sait?

Il comprenait que Sveti souhaite si ardemment retrouver sa vraie famille et, en même temps, il avait un peu de peine qu'elle ne se contente pas de celle qu'il lui avait offerte. Lui qui la considérait comme sa petite-fille.

Lorsque Donnartin, d'une seule main, souleva le chariot, il n'y eut pas de « oh! » ni de « ah! » : la foule en resta muette d'étonnement. On avait crié lorsqu'il avait porté sur ses épaules sa mule Maria-Magdalena, mais, ce tour-là, c'était trop fort! Seul, sur le pas de sa porte, le boucher ricanait. Cela n'échappa nullement à Montmirail.

– Je vois, s'exclama-t-il en désignant le boucher de la main, quelqu'un qui peut sûrement en faire autant!

– Vous ne m'impressionnez pas! dit le boucher avec un sourire méprisant. J'ai fait la guerre, moi, aux côtés de notre bon roi, et le seul homme qui ait réussi à m'assommer fut celui qui s'est montré capable de faire ceci!

Il décrocha quelque chose, près de la porte.

– Qu'en pensez-vous?

L'épée qu'il brandissait au-dessus de sa tête était pliée en deux. Une grosse femme, la bouchère sans doute, grommela :

– L'homme était peut-être fort, mais voilà une épée qui ne peut plus servir!

– Personne n'a jamais pu la redresser! clama le boucher.

– Donnez-la! dit Donnartin.

Le boucher s'esclaffa :

– Les plus forts du comté se sont cassé les dents sur elle, et ce n'est pas un va-nu-pieds d'Egyptien qui réussira! Je

suis prêt à parier un gros denier d'argent.
– Tenu! lança Montmirail en se saisissant de l'arme.

Il la tendit à Donnartin, qui l'examina longuement. Le boucher ricanait toujours, et sa femme était devenue un peu rouge, peut-être de peur de perdre le denier, peut-être d'espoir de le gagner?

Lentement, Donnartin prit une extrémité de l'épée dans chaque main. Sa poitrine se gonfla, sa mâchoire se serra, et les mains s'écartèrent peu à peu, dépliant la lame. Il termina le travail en appuyant son genou sur le plat de l'épée, et leva l'arme :
– Votre épée est-elle droite? fit Montmirail d'un ton gouailleur.

Le boucher était maintenant tout pâle.
– Vous nous devez un gros denier d'argent, boucher!
– Mais..., bredouilla celui-ci.

Et il se mit à rire, d'un rire forcé qui lui restait dans la gorge.
– C'est pour le spectacle! dit-il enfin en reprenant son arme. Un tel exploit vous

vaudra nombre de pièces dans votre escarcelle, et compensera bien mon denier!

Un murmure désapprobateur parcourut la foule. Les yeux de Donnartin brillaient de fureur, mais Montmirail souriait toujours. Le boucher arborait un rictus crispé. C'est à peine s'il sentit l'épée lui échapper des mains. L'instant d'avant, il la tenait bien serrée, et voilà qu'elle se trouvait de nouveau entre les mains de ce jongleur du diable.
– Je t'en prie, Donnartin! fit légèrement Montmirail en posant le pommeau de l'épée dans la large main.

Une fraction de seconde plus tard, la lame était à nouveau pliée en trois.
– Mais..., étouffa le boucher,... il a plié mon épée...
Montmirail la lui jeta aux pieds :
– C'est pour le spectacle, monsieur! Et vous avez eu bien de la chance d'y assister!
Des rires et des cris applaudirent la réplique. Ce fut la meilleure recette depuis bien longtemps.

6. La magie contre les hurebers

Sur les routes de pluie et de boue, le printemps avait passé. La troupe s'était fait mouiller tant et tant de fois que les vêtements gardaient comme une odeur persistante de feuille morte et de mousse.

Au premier jour de soleil, on avait tout lavé à la rivière, pendant que les chevaux se séchaient sur les galets de la rive, en s'ébrouant de temps en temps.

Enveloppée dans sa cape noire, Sveti regardait rêveusement sa robe étalée au soleil. De ses cheveux mouillés, des gouttes d'eau fraîche glissaient jusque dans son cou, l'obligeant à intervalles réguliers à secouer la tête, sans pour autant cesser de caresser du bout de son pied la chaude fourrure de Patzi, qui se laissait faire avec de petits grognements de plaisir.

Depuis le village accroché à flanc de colline, des yeux curieux les observaient. Des enfants s'étaient assis au milieu de la rue en pente, pour mieux voir ces étranges créatures laver leur linge juste en bas, à leurs pieds.

La vieille femme venait de dérouler son magnifique turban pour le rincer à l'eau claire, et ses longs cheveux gris tombaient en désordre sur ses épaules. Une fille brune refaisait ses nattes avec application, tandis que le garçon au costume safran s'exerçait au tir à l'arc sur une cible qu'il avait accrochée à un arbre.

– C'est cette vieille, là... dit un homme qui s'était arrêté derrière les enfants.
– Mais, tu crois..., disait son compagnon.
– Eh! Les enfants, dites-moi : le gosse qui présentait le spectacle, tout à l'heure, il a

bien dit que la vieille était une guérisseuse?
– Sûr! il a dit qu'elle connaissait tous les secrets du mal!
– Alors, fit l'autre, méfiant, c'est peut-être une sorcière...
– Ta! grogna le premier, si elle guérit!... Ces Egyptiens savent des choses, des choses que tout le monde ignore. Ils en savent plus que les médecins de Montpellier, tu peux en être certain! J'en ai vu une, un jour : c'était pour la Marie qui avait été mordue; eh bien, l'Egyptienne a pris un poil du chien, l'a fait griller à l'huile, et l'a posé sur la blessure. Le lendemain, il ne restait plus qu'une légère marque : comme je te le dis!
– Moi, intervint une femme en s'approchant, je serais d'avis de faire appel au médecin Sixte. C'est lui le plus fort.
– Et où vas-tu le trouver?
– Dans l'Est...!
– L'Est! L'Est! où c'est, l'Est? C'est par là pendant des lieues et des lieues, qu'on n'en voit pas le bout, de l'Est!

La femme plissa les yeux :
– Lui, il ôte les yeux aux aveugles et les nettoie avant de les leur remettre. Il te

fend la tête au besoin, arrange tout bien là-dedans, et recolle tout. La lèpre, la gravelle*, pfff, il les guérit.
– Ton Sixte, dit l'homme en haussant les épaules, il est trop fort pour que ce soit vrai!
– Ce qu'il y a, susurra la femme, c'est que tu es jaloux de ne pas y avoir pensé le premier.
– Tais-toi, folle! ou bien trouve-le, ton Sixte. S'il existe, tant mieux, mais ce qu'il faut, c'est qu'il soit là tout de suite. D'ailleurs, il s'y connaît peut-être en hommes, et point en hurebers!
– Et ton Egyptienne, en quoi elle s'y connaît?
– Au moins, elle a le mérite d'être là, et je vais de ce pas lui demander...
– Et si c'était une jeteuse de sorts?

L'homme arrêta son pas. Ces Egyptiens... on ne les connaît pas, on ne sait pas qui ils sont...
– C'est de la graine d'assassin, martela la femme.

* Gravelle : maladie des reins où il se forme des boules ressemblant à du gravier.

L'homme accusa le coup : c'est vrai, au fond, on ne sait jamais...

– Si on envoyait Jehan! s'exclama soudain son compagnon.

– C'est vrai... Jehan, depuis que la maladie lui a ôté la vue, il a eu son compte, il ne craint plus rien.

– Ça t'arrange, hein, de le penser? grinça la femme. Tu as tous les courages pour les autres!

– Voilà qui suffit, la Marion. Rentre chez toi, ceci est une affaire d'hommes!

La femme tourna les talons en ricanant.

– Il faut demander au Jehan Burtault, reprit l'homme.

*
**

– Vous êtes aveugle? s'étonna Kali en sautillant près de Jehan Burtault.

– Comme tu le vois, jeune demoiselle!

– C'est bien la première fois, remarqua Robin qui marchait de l'autre côté, que nous sommes conduits par un aveugle!

– Cela n'a rien d'étrange, dit Jehan. C'est moi qui sers de guide de jour et de nuit, parce que pour moi, la nuit, hein! c'est comme le jour. Tandis que pour les autres... Ah! les autres, ils sont perdus! Moi, je peux poser des pièges à merle et braconner autant que je le veux. Je suis chez moi dans la nuit, alors que le garde-chasse a peur de la forêt, et que l'alouette ne se méfie pas. Je me faufile dans les fourrés, pour chercher sous mes doigts les traces des sangliers. Elles me révèlent s'il est gros ou petit, s'il va vers l'étang ou vers la colline...

– Vous savez tout cela?

– Je sais aussi qu'il y a une autre petite fille qui marche derrière moi et qui boit mes paroles sans rien dire.

Kali tourna la tête et se mit à rire :

– C'est Sveti!

– Sveti est menue comme une chèvre, remarqua Jehan.

– Comment le savez-vous?

– Je l'entends à son pas.

– Alors, dites-moi aussi la couleur de ses cheveux!

– Je ne peux pas, il faudrait que je les touche!

Il se retourna et posa sa main sur la tête de Sveti :

– Ses cheveux sont châtains, dit-il, et sa peau est douce et claire, bien que le soleil l'ait tannée au fil des années. C'est toi qui as un ours?

– Vous trichez! cria gaiement Kali, vous voyez!

Jehan sourit affectueusement :

– Oui, dit-il, je vois... par mes mains, par mon nez, par mes oreilles aussi. Je vois sûrement mieux que toi. Sveti porte sur elle l'odeur de son ours, mon odorat ne s'y trompe pas. Sais-tu que mes mains peuvent cueillir les cerises rouges et laisser les vertes? Jouer du violon et coudre des vêtements?

Il laissa passer un moment avant d'ajouter :

– Si j'y voyais tout à coup, je crois bien que je me perdrais, sur tous ces chemins!

– C'est encore loin? se plaignit Baboline qui suivait péniblement.

– Pas trop, bonne dame! Passé le bois, qui doit être aujourd'hui d'un vert tendre, on trouvera le tapis de pervenche sur le bord du chemin. Elles sont en fleur. Et de là, vous devriez apercevoir les vignes qui galopent le long des coteaux.

Baboline rajusta son turban, qui menaçait de lui tomber sur l'œil. Elle l'avait mis trop vite, lorsque Jehan était venu lui demander, au nom de tout le village de sauver leurs raisins.

– Qu'ont-elles, au juste, vos vignes? demanda-t-elle d'une voix essoufflée.

– Des hurebers, comme on vous a dit.

Baboline ignorait ce mot, mais n'osait pas l'avouer, de peur qu'on ne mette en doute ses talents de guérisseuse.

– Ils ont pondu leurs œufs sur toutes les vignes, des lieues à la ronde. Les feuilles en sont tout enroulées. Si cela continue, la récolte sera perdue.

Baboline poussa un soupir, elle savait ce qu'elle voulait savoir : à coup sûr, Burtault parlait du charançon* roux!

– C'est tout comme vous aviez dit! s'exclama Kali. Les vignes... à perte de vue!

– Voyez dans quel état! soupira Burtault en triturant une feuille. On a essayé tous les traitements, toutes les prières, les

* Charançon : insecte nuisible qui ronge les feuilles.

processions, même. On est tous venus à genoux depuis le village jusqu'ici, pour supplier le ciel de nous débarrasser du fléau.

Baboline examinait avec attention les longues rangées de vignes. Rien ne venait à bout du charançon roux, sauf...

– Si la récolte est perdue, continuait Jehan, ce sera la famine, et la famine, moi qui vous parle, je l'ai connue! Tous les dix ans, sur cette terre maudite, tous les dix ans, le village en crève. Il ne pousse rien d'autre, sur cette terre, que de la vigne. Si elle meurt, nous mourrons avec...

– Je vais vous demander de partir, dit Baboline d'une voix étrange. Les enfants aussi : rentrez au campement.

– Un sanglier, trois cochons, un lièvre et dix volailles, c'est le prix, rappela Jehan Burtault. Vous les aurez, soyez-en sûre, mais débarrassez-nous de cette saloperie.

– Vos hurebers, dit lentement Baboline, j'en fais mon affaire. Allez, maintenant.

Elle regarda l'homme et les trois

enfants s'éloigner, puis elle ferma les yeux. Sa grand-mère avait été brûlée pour sorcellerie. Mais cela ne lui faisait pas peur. D'ailleurs, elle-même ne pratiquait que la magie blanche, n'utilisait ses pouvoirs que rarement, et uniquement pour faire le bien.

Elle porta ses deux mains à ses tempes, y appuyant l'index et le majeur. Sur le flanc des collines, les feuilles se crispaient sous le soleil.

⁂

Kali marchait devant. Le moment était propice, et Sveti se rapprocha de Jehan Burtault.

– Monsieur qui savez-tout, souffla-t-elle, connaissez-vous cette chanson?

Et, d'une voix mal assurée, elle entonna la petite musique.

Le vieil homme avait souri :

– Je ne sais pas tout, mais je connais cette chanson.

La foudre tombant aux pieds de Sveti ne lui aurait pas fait plus d'effet.

– Vous la connaissez? bredouilla-t-elle. Alors... vous pouvez me dire... me dire ce que c'est!
– C'est une chanson que j'ai entendue dans les plaines d'Italie, quand nous étions en guerre contre le duc de Milan. Les Autrichiens employaient des mercenaires, qui chantaient cet air-là. Je pense que c'est une marche militaire.
– Vous savez quelque chose de ces gens? demanda Sveti d'une voix tremblante.
– Pas grand-chose. Beaucoup ont été faits prisonniers, c'est tout ce que je peux dire.
– De quel pays venaient-ils?
– De Serbie, me semble-t-il.

Le cœur de Sveti s'arrêta : la Serbie, c'était bien cela, c'était là que le comte l'avait recueillie!
– Vous savez où sont ces prisonniers? demanda-t-elle avec le plus de calme possible.
– Oh, non! Il y a plusieurs années de cela. Sans doute ont-ils été libérés après la paix et ils sont rentrés chez eux, ou bien ils sont restés en France, comment savoir?

⁂

– Qui nous prouve, disait Marion, que la vigne est sauvée?

Le comte lança un regard dur à la femme. Tout le village était rassemblé devant le campement.

– Il faudrait des semaines, pour en être sûrs, reprit Marion.

– Nous avons pris le risque, dit calmement Burtault.

– Pas moi! s'exclama la femme. Moi, j'y ai toujours été opposée!

– Les œufs des hurebers sont morts, tu l'as bien vu!

– Eh oui! dit un homme. Les œufs sont morts, mais la Marion a raison : la vigne est-elle sauvée pour autant?

Le comte de Petite-Egypte attacha son cheval à un arbre. Sous ses sourcils noirs, ses yeux lançaient des éclairs.

– Vous le saviez! gronda-t-il, vous le saviez, avant de demander à Baboline de s'occuper de vos hurebers, que la guérison ne serait pas visible immédiatement. Les feuilles ne vont pas se déplier en une heure et le raisin grossir soudain. Le raisin mûrit à l'automne, faites-vous sem-

blant de l'ignorer? Dans un mois, vous saurez si vos vignes sont tirées d'affaire!
– Nous ne paierons pas avant! grogna Marion.

Jehan se redressa. Il dominait d'une tête tout le monde, et ses yeux délavés auraient vu par-dessus tous, s'ils avaient pu voir. On distinguait de loin son crâne dégarni sur le dessus, couronné de longs cheveux gris très raides, du même ton que sa cotte de lin. Il dégageait une autorité souveraine.
– J'ai honte pour vous! tonna-t-il. Vous étiez prêts à promettre toutes vos richesses tant que les hurebers vous alarmaient, et maintenant que votre peur se calme, la mesquinerie reprend le dessus. Je vois en chacun de vous comme un nuage sombre : « J'aurais dû promettre moins »... « Peut-être qu'un porcelet aurait suffi »... « Je pourrais peut-être donner un œuf à la place de la poule »... Honte sur vous! Vous devez à ces gens ce que vous avez promis. La femme a tué les œufs, vous l'avez vu, cela!

Un grand silence plana sur le groupe.

Et puis la voix de Marion s'éleva de

nouveau, d'abord comme un murmure, puis s'amplifiant à mesure qu'elle prenait de l'assurance :

– Comment a-t-elle fait? Comment?... Je demande comment?

– Tais-toi, Marion! gronda Jehan.

– C'est vrai, dit quelqu'un, c'est peut-être une sorcière!

Marion arborait sur sa face ronde un sourire triomphant. Pourtant, la suite des événements déçut toutes ses espérances.

– Payons, dit une femme.

– Payons, dit une autre. Si vraiment c'est une sorcière payons-la et laissons-la partir.

– Payons!

– D'accord. Je ne veux pas d'histoires dans le village.

– Vous êtes devenus fous? cria Marion.

Son voisin lui donna un grand coup de coude dans les côtes, si fort qu'elle se plia en deux.

– Si elle a des pouvoirs, murmura une femme à côté d'elle, ne l'amenons pas à les utiliser contre le village.

– Qu'on lui donne son dû, et qu'elle parte!

Jehan Burtault prit alors la main de Baboline.

– Je suis désolé pour eux tous. J'ai honte de l'ingratitude de ces gens. Ils ne restent honnêtes que par peur...

Il sentit soudain dans son autre main la main de la fillette à l'ours, et un baiser sur sa vieille peau tannée.

7. L'incendie

Sveti avait beau être loin, tout à l'arrière du convoi, le fait ne lui avait pas échappé. Donnartin, qui ouvrait d'ordinaire la marche, avait retenu sa mule jusqu'à ce que le cheval de Liance arrive à sa hauteur. Pourtant, il était extrêmement rare que Donnartin adresse la parole à la jeune fille, et il ne le faisait jamais sans rougir jusqu'à la racine des cheveux.

Et là, une chose plus curieuse encore s'était passée : Montmirail avait poussé son cheval entre Donnartin et Liance. Sveti n'avait rien entendu de ce qu'ils se disaient, mais Donnartin finit par regagner la tête du convoi, en fouettant sa mule d'un air furieux, ce qui était également tout à fait inhabituel.

Montmirail aussi semblait mécontent. Il tourna bride et reprit sa place derrière Liance et Baboline.

Sveti essayait de comprendre : les deux hommes s'étaient-ils disputés?... Mais soudain, son attention fut détournée par une colonne de fumée qui montait du village, là.

Dans le cimetière envahi d'herbes folles, un enfant gardait son troupeau de chèvres. Les yeux écarquillés, il regardait venir la troupe sans faire un mouvement.

Quelqu'un jouait de la flûte : c'était un jeune garçon sur un cheval bai, qui chevauchait derrière une sorte de géant menant une mule boiteuse. On apercevait par-derrière les turbans multicolores de deux femmes suivies par un homme au costume rouge, portant un chapeau magnifique, orné d'une plume comme l'enfant n'en avait encore jamais vu.

Le petit berger restait ébahi par tant

de couleurs : jusqu'au chariot à deux roues, qui venait d'apparaître dans le virage, tout enrubanné de rouge, et derrière, des enfants à pied, et puis toute une troupe de chevaux. Un homme à la cape sombre, arquebuse en bandoulière et épée au côté, fermait la marche.

– Des tsiganes! cria le berger, revenu de sa surprise. Des tsiganes!

Il laissa là ses sabots et se mit à courir vers le village. Montmirail venait de prendre son violon. Sveti et Kali sautillaient sur la musique entraînante. Il faisait si beau.

Lorsqu'ils entrèrent dans le village, tout le monde s'était déjà rassemblé dans la rue principale.

Derrière les habitants, l'église n'était plus qu'un tas de cendres. Quelques pans noircis témoignaient encore qu'il y avait eu là un bâtiment, et une large masse de métal constituait le dernier souvenir de la cloche qui avait fondu sous la violence de l'incendie.

– C'est un signe! disait un prêtre de sa voix forte, en levant l'index comme pour désigner le ciel. C'est un signe!

Les villageois, dont le visage s'était détendu dans l'espoir de l'amusement promis par l'arrivée des tsiganes, reprirent une mine digne et triste, celle qui convient à celui qui va entendre un long prêche.

– Voyez, mes frères, Dieu a voulu nous punir en détruisant notre église! Elle n'était pas digne de lui! En voici la meilleure preuve : une fois que tout est consumé, arrive la troupe de ceux qui auraient pu nous sauver. Dieu n'a pas permis qu'ils se montrent avant, et il nous les amène maintenant, pour que nous comprenions mieux son message!

Il se tut un moment, observant la troupe du comte de Petite-Egypte, qui s'était arrêtée au bout de la rue, puis il continua d'une voix puissante :

– Follon! Veux-tu raconter à tous ce qui s'est passé l'an dernier dans la ville de Kœnigsberg?

Le Follon en question sursauta.

– Euh..., fit-il en passant sa main sur son crâne chauve.

Il se racla la gorge, tira sur sa chemise

de lin grise, se dandina d'un pied sur l'autre et commença :

– Eh bien... C'est comme vous l'avez dit, monsieur le curé, c'est à Kœnigsberg. J'y étais l'an dernier, vous savez bien, à cause des vaches qu'on voulait vendre... enfin, vous savez, quoi! C'était la foire là-bas... Ça s'est passé alors que tout le monde s'amusait; tout d'un coup, quelqu'un a crié : « Au feu! Au feu! » Voilà que les flammes s'attaquaient à la plus grosse maison de la ville, ça sortait par les fenêtres, les portes, et déjà la façade qui s'embrasait! Tout le monde s'est précipité vers les seaux et les puits, les fontaines... mais pensez donc! c'était déjà trop tard! Et alors, attendez la suite...

« A ce moment-là, au bout de la rue, apparaît le cortège du condamné à mort qu'on s'en va pendre sur la place. Le marchand drapier qui tenait échoppe juste là où je me trouvais s'arrête avec son seau d'eau, et me dit d'un drôle d'air : " C'est un roi tsigane – Qui? je dis – Celui qu'on va pendre, qu'il me répond. "

« L'homme était dans la force de l'âge, pas très vieux, et il avait fière allure. Il était encadré par dix gardes, plus le bourreau. Pas rien, hein!

« Alors, mon marchand drapier s'est précipité vers le prisonnier en criant : " Sauvez-nous! Sauvez-nous, ou tout le quartier va brûler! "

« Le prisonnier s'est arrêté. Il a regardé la maison en feu, sans rien dire d'abord, et puis il s'est mis à remuer les lèvres. Il prononçait de drôles de mots, dans sa langue à lui, sans doute. Soudain, il a levé le bras droit et il a crié quelque chose, comme s'il parlait aux flammes. Eh bien... croyez-moi ou non, le feu s'est éteint, comme ça, tout seul. »

Follon s'arrêta net, dans un grand silence, puis ajouta d'un ton plus familier :

– Pour finir, on a libéré le roi tsigane, et on lui a donné cent écus.

– Comprenez-vous! tonna le curé. Comprenez-vous le signe de Dieu qui nous envoie les tsiganes quand il est trop tard! L'heure est venue pour nous de nous repentir, et pour commencer, accueillons ces gens du mieux que nous le pouvons.

Sur ces paroles, il s'avança vers la troupe bigarrée.
– C'est curieux, murmura Montmirail.
– Que veulent-ils, mon oncle?
– Ça, mon vieux Robin, je n'en sais rien! Ils n'ont pas l'air agressifs... Ce curé semble vouloir nous accueillir à bras ouverts.

– Mes frères! s'écria le curé, venez, approchez! Nos maisons vous sont ouvertes. Arrêtez-vous pour ce soir dans notre village, nous vous assurerons le gîte et le couvert.

Les tsiganes ne pipaient pas. Comprenaient-ils vraiment le sens de ce qu'ils entendaient? Si souvent on leur demandait de passer leur chemin!
– Je vous remercie, dit le comte. Toutefois, ne vous méprenez pas... Nous ne sommes pas très riches. Je suis le comte de Petite-Egypte, et voici ma troupe. Nous vendons et achetons des chevaux, mais nous sommes aussi et surtout des saltimbanques. Si vous nous offrez logement et nourriture, nous ne serons guère en mesure de vous payer en argent...

– Personne ne parle de payer! s'exclama le curé.

L'indécision se lisait sur le visage du comte :

– Dans ce cas...

– Comprenez! reprit le curé avec de grands mouvements de manches. Aujourd'hui, vous êtes ici chez vous!

Ils ne comprirent pas, ils ne comprirent jamais, même des années plus tard. Mais le comte accepta.

– C'est bon. Je vous remercie, mais si nous ne sommes pas riches, nous ne sommes pas non plus des mendiants. La troupe vous paiera... non en argent, mais en spectacle.

Le tambourin s'était mis à taper et le violon à danser, et les boules rouges à tourner.

⁂

– Qu'est-ce que tu as, Sveti?

Baboline jeta dans l'eau les fèves qu'elle venait d'écosser, et qui se mirent à danser dans le bouillon.

La petite ne répondit pas. Allongée sur le dos de l'ours, elle ne bougea même pas. Patzi semblait dormir, comme si ce poids ne le gênait absolument pas, ou comme si, au contraire, il lui était agréable. La fillette avait posé sa joue sur le large crâne, entre les deux oreilles. Les flammes dansaient dans ses yeux grands ouverts. N'avait-elle pas entendu?

Baboline l'observait du coin de l'œil, mais ne jugea pas bon de réitérer sa question.

Sveti ferma les yeux.

Ainsi, son père n'était pas un prince, sans doute, mais un soldat. Elle n'était même pas déçue, sachant faire la distinction entre la part du rêve et celle de la réalité. Un soldat... oui, elle en était sûre, maintenant. Elle revoyait un uniforme, un grand manteau, et le mot de « prisonnier » lui était familier. Sa mère en parlait... c'était cela. Sa mère... son image devenait de plus en plus floue, et lorsqu'elle voulait l'évoquer, c'était celle de Baboline qui prenait peu à peu sa place...

– J'en ai connu un, disait quelque part la voix de Montmirail, qui se vantait de savoir voler un cochon sans le faire crier, et sais-tu comment?

On n'entendit pas la réponse, mais Montmirail reprit :

– En lui pinçant la queue, simplement!... Seulement, pour les oies, ça ne marche pas. C'est comme ça qu'il s'est fait prendre... Pendu pour une oie! Sotte façon de perdre la vie!

Dans son sommeil, l'ours s'appuya sur son autre patte. C'est à peine si Sveti en eut conscience. Le feu craquait. La nuit était si belle, pourquoi avait-elle envie de pleurer?

Le chariot était noir. Montmirail et Robin aussi. Ou peut-être était-ce seulement l'air, qui était noir. Et la mer?

– Baboline, murmura Sveti, est-ce que la mer est noire aussi, la nuit?

Baboline s'approcha et s'assit lourdement près de l'ours étalé de tout son long.

– C'est la nuit, dit-elle à voix basse, c'est la nuit qui peint tout en noir. Le soleil, lui, peint de toutes les couleurs. Lequel ment? Je ne saurais te le dire. Peut-être aucun, peut-être les deux... et si le noir et la couleur n'étaient qu'une illusion de nos yeux?

Elle avait pris la main menue de Sveti, et en caressait la paume de son index noueux, sans cesser de regarder la fillette dans les yeux :

– Fais attention, petite, fais attention. Je vois sur toi un danger. Des hommes armés, le froid tout blanc, et puis...

Sveti avait tourné les yeux vers la vieille femme :

– Et puis quoi, Baboline?

– Rien. Sois prudente, c'est tout. Ne t'éloigne pas de nous.

Liance déposa son seau d'eau près du feu et demanda :

– Qu'ont donc les chevaux, ce soir?

– C'est que la nuit dernière, dit le comte, ils étaient dans une écurie. Retrouver le grand air les énerve.

– Je les comprends! dit Liance. Moi qui n'avais pas dormi dans un lit depuis bien des jours, je n'ai pas fermé l'œil.

– Le sommeil, dit Baboline, a ses habitudes qu'on ne change pas facilement. Un lit de plumes n'est confortable que si l'on y est accoutumé, mais pour moi, je l'avoue, rien de plus accueillant qu'une couche de terre bien dure, et une toile au-dessus de ma tête, pour amplifier les bruits du vent.

– La journée a-t-elle été bonne pour vous, comte? demanda Liance en s'asseyant.

– J'ai arraché une dent pourrie à un vieillard qui m'a béni pour cela et, de joie, m'a acheté un cheval.

– Le vieux Balthazar? s'enquit Montmirail en s'asseyant à son tour.

– Non. Celui-là est trop vieux pour des paysans : il ne peut plus tirer la charrue.

– Vous auriez pu, dit Robin... Vous savez, avec des graines de fougères...

– Pas de ça! gronda le comte. Si nous nous mettons à tromper le monde, je ne donne pas cher de notre réputation. Outre que je suis totalement opposé à ce genre de procédé, notre malhonnêteté serait vite connue, et notre carrière finie, sache-le bien!

Robin rougit.

– Qu'est-ce qu'il veut dire, avec ses graines de fougères? s'étonna Kali.

– Si on en fait manger à un cheval fatigué ou malade, on lui donne l'allure d'un fringant coursier... mais l'allure seulement, et pour quelques heures... Il est malheureusement vrai que certains emploient ce procédé pour vendre une vieille bête.

– Cet après-midi, dit Kali, j'ai vu deux cigognes qui se battaient.

Donnartin jeta un coup d'œil dans la marmite qui chantait puis, posant à terre le harnachement de sa mule, il étendit sur l'herbe la couverture rayée, celle qu'il mettait toujours sous la selle pour ne pas blesser l'animal.

Il y fit asseoir ses deux fils près, trop près, de Liance...

Comme Donnartin retournait vers Maria-Magdalena, Sveti entendit nettement Montmirail lui dire entre ses dents :

– Je sais ce que tu essaies de faire.

– Je ne vois pas de quoi tu parles, grogna Donnartin.

– Tu essaies de l'attendrir avec tes gosses. Tu voudrais qu'elle leur serve de mère, n'est-ce pas?

Donnartin fit comme s'il n'avait rien

entendu, et entreprit de donner à manger à sa mule.

– Je ne vois pas pourquoi tu es jaloux, dit-il enfin.

Ils étaient assez loin de la troupe pour que personne ne les entende, sauf Sveti dont ils ignoraient la présence. Pourtant, lorsque Montmirail s'écria : « Jaloux? » en se mettant à rire, Baboline tourna la tête.

Ils ne dirent plus rien. Le rire de Montmirail, qui restait dans l'oreille de Sveti, sonnait un peu faux.

8. L'accident à l'auberge

Il pleuvait encore. Pourtant, durant quelques jours, on avait cru à l'été.
– Saison pourrie..., grogna Donnartin en sautant de sa mule. Tu glisses, ma pauvre vieille. La boue, toujours la boue!
– Descendez du chariot, les enfants, il s'enlise! avait crié le comte.

Jérémie s'était retrouvé sur les épaules de Donnartin, et Charles installé sur le dos de l'ours, par les soins de Sveti. Elle, ça lui était égal de patauger dans la boue tiède, qui poussait entre ses doigts de pieds comme des petites algues bien lisses, et se gonflait en élégants coussins de chaque côté, dans un bruit chaud et

gai. Ses cheveux étaient raides de pluie, le bas de sa robe tout crotté, et elle s'en moquait.

– Voulez-vous monter en croupe? proposa Liance aux deux filles.

Sveti fit un signe négatif, mais Kali s'écria :
– Oh oui! Ma robe va être toute sale!

Baboline allait elle aussi à pied. Elle avait rattaché sur son épaule la lourde couverture qui lui tenait lieu de manteau. Ses cheveux gris, qui dépassaient du turban, collaient maintenant à son visage.

Sur le chemin détrempé, on entendit le galop d'un cheval et, à peine le bruit avait-il vibré dans les pieds nus de Sveti, qu'une voix autoritaire criait :
– Laissez passer! Messager du roi! Laissez passer!

Sans se retourner, le comte, qui chevauchait en tête, fit un signe du bras, enjoignant à la caravane de serrer à gauche.

Le galop s'amplifia et, dans des gerbes de boue, le messager remonta le convoi. Patzi avait grogné de mécontentement.

Montmirail émit entre ses dents un sifflement agacé :
– Messager du roi!... A croire que la route leur appartient!
– On voit que ce n'est pas lui qui doit

obliger quinze chevaux à serrer sur la gauche! protesta Robin. Le poulain a failli être renversé!

– Ramène-les à droite, maintenant. Oh! Attention au noir... Il est nerveux, celui-là!

– Je déteste m'occuper des chevaux! grogna Robin. C'est trop de responsabilité!

Montmirail se mit à rire :

– Tiens, tiens... je te croyais très fier d'être admis dans le groupe des hommes. Cela a ses avantages... mais aussi beaucoup d'inconvénients, mon vieux Robin!

Le garçon haussa les épaules.

– Qu'est-ce qui se passe, là-bas?

Montmirail s'était haussé sur ses étriers. A l'entrée de la forêt qui s'ouvrait devant eux, trois chariots étaient immobilisés, et quelques silhouettes s'agitaient autour.

Le comte s'était arrêté, et derrière lui, un à un, les membres de la troupe commençaient à s'agglutiner.

Près des chariots, trois hommes richement habillés chargeaient des sacs.

– Y'a plus rien à prendre! cria l'un d'eux.

– Pourquoi dites-vous cela? demanda sèchement le comte. Nous ne voulons rien prendre!

– Hum... avec les bohémiens...

– Que vous est-il arrivé? questionna Montmirail.

– Les Frémons, pardi! Encore eux!

Sur l'un des chariots, un homme petit et râblé rangeait les ballots que les deux autres lui passaient.

– Nous sommes d'honnêtes marchands, dit-il plein de colère. Ces manants nous sont tombés dessus comme la foudre. Nous n'avons pu que nous enfuir dans le bois.

– Encore heureux que nous soyons en vie! Et dire que nous n'avions plus qu'une demi-lieue à faire avant l'auberge!

– L'emporteront pas en paradis! cria le premier. Ils ont tout pris : les sacs de blé, l'or, mon manteau de peau, les étoffes de soie. Ils n'ont laissé que les sacs de laine brute, les chandeliers et les chaudrons, tout ce qui est encombrant, quoi! Vous ne les avez pas vus?

– Nous n'avons vu personne, dit le comte.
– C'est que nous ne craignons personne! ajouta Montmirail en soulevant l'arquebuse qu'il accrochait toujours à sa selle.
– Personne n'oserait nous attaquer! précisa Robin. Le comte de Petite-Egypte est certainement le meilleur tireur d'épée de toute cette région, et le meilleur maître d'armes.

– Un maître d'armes..., fit l'homme du chariot.

Les deux autres s'étaient arrêtés de charger :
– C'est ce qu'il nous faudrait, dit l'un.
– Combien prendriez-vous pour votre enseignement?
– Un sou, dit le comte.
– Et si nous prenions des leçons tous les trois?
– Eh bien... trente deniers* vous iraient-ils?

Les trois hommes se consultèrent du regard.
– Toutefois, ajouta le comte, si je ne vous donne qu'une leçon d'escrime, cela

* 30 deniers = 2 sous et demi.

ne va pas vous être d'un grand secours!
– Ah! firent les marchands, déçus.
– Ce qu'il nous faut, dit l'homme sur le chariot, c'est une arme à feu. Une arquebuse comme celle-ci, ajouta-t-il en désignant l'arme de Montmirail.
– Dans ce cas, dit le comte, cela irait : en une leçon, vous sauriez vous servir de l'arme. Ensuite, c'est une question d'entraînement quotidien. Etant donné le mauvais temps, nous comptions passer la nuit à l'auberge. Choisissons la même, voulez-vous?

⁂

Il faisait bon, dans la grande salle de l'auberge. Le feu craquait et embaumait le buis. Devant la vaste cheminée, Robin et Sveti étaient de garde : ils veillaient sur les vêtements trempés qui fumaient à la chaleur du feu. Des vêtements, ils en avaient si peu qu'ils ne pouvaient pas prendre le risque de se les faire voler!

Le reste de la troupe était allée se mettre au lit, en attendant de pouvoir se rhabiller. Seul, le comte restait dehors : il ne consentait jamais à la moindre prudence quant à sa santé, et prétendait que ses vêtements sécheraient aussi bien sur lui.

– Tiens! Un coup de feu, dit Robin. Le comte a commencé ses leçons.

Enveloppée dans une couverture, Sveti regardait le feu, le menton entre les genoux, silencieuse.

– Qu'est-ce qu'il sent fort, ton ours, quand il est mouillé! Ouh! reprit Robin...

Il jeta un coup d'œil sur Sveti, toujours immobile.

– Oh! Sveti! Je te parle!

– Il sent l'ours.

Sveti abaissa son regard sur Patzi, qui s'était allongé contre elle, et ajouta :

– Il trouve que tu sens l'homme, et ne fait pas de remarque pour autant.

L'aubergiste, une femme d'une corpulence joviale, posa sa cruche de vin sur le linteau de pierre de la cheminée :

– Alors, les gamins, on se réchauffe?

– Ce n'est pas facile, dit Robin, on est tellement trempé qu'on en est tout mou. Je me sens à moitié en décomposition.

L'aubergiste éclata d'un rire sonore :

– De quoi te plains-tu ? As-tu vu les marchands ? Non seulement ils étaient trempés, mais en plus dévalisés !
– Y'a des journées comme ça ! fit Robin d'un ton fataliste.
– Ces Frémons, ajouta la grosse femme, quelle plaie pour le pays ! La seule chose qu'ils méritent, c'est la corde. Pourtant, je ne suis pas méchante... Savez-vous ce qu'ils m'ont fait l'an dernier ? Vendangé ma vigne ! Comme je vous le dis : ils ont tout vendangé en une nuit. Ma meilleure vigne ! Un raisin de toute première qualité, dont le roi lui-même a parlé ! Ah ! les bandits.
– Ne m'en parlez pas ! s'exclama un homme assis tout seul devant une chopine de vin.

Il fit résonner trois ou quatre fois la chopine sur la table, et ajouta :
– Tout un troupeau de porcs, qu'ils m'ont volé ! Je n'arrive pas à comprendre comment ils ont fait. Tout un troupeau !

Robin faillit pouffer de rire. Il s'imaginait les Frémons, pinçant la queue des cochons pour qu'ils ne crient pas... mais il leur aurait fallu trop de mains, à moins que les pieds aussi, ou la bouche...

Robin pouffa franchement.

– Ça te met en joie, mon gars, à ce qu'on dirait! grogna l'homme aux cochons en fronçant les sourcils.

– C'est qu'il vaut mieux rire de tout, monsieur, et prendre les choses du bon côté.

– Je ne suis pas bien sûr de te comprendre...

Robin s'anima :

– Mais si! s'écria-t-il. Au lieu de revoir tout le temps dans votre tête votre porcherie vide, essayez donc d'imaginer les bandits avec votre troupeau. Les chevaux, ce n'est pas facile, mais les cochons, c'est bien pire! Ils n'ont pas dû rire, les Frémons, avec vos cochons qui devaient tous courir à droite et à gauche.

– C'est vrai, dit l'aubergiste, rappelle-toi : tu en as retrouvé deux dans le bois, et un près de la rivière. C'est vrai qu'ils n'ont pas dû rigoler, les Frémons!

L'homme dodelina un moment de la tête, puis conclut :

– Ça ne console pas...

Il avala une longue gorgée de vin.
– Je devrais peut-être faire comme eux, reprit-il en désignant du menton la cour d'où partaient les coups de feu. Je devrais acheter une arquebuse.
– Bah! fit la femme. Ça te coûterait plus cher que ton troupeau de cochons. Sans compter que c'est dangereux et que ça pourrait te péter à la figure.
L'homme grogna quelque chose qu'on n'entendit pas, fit sonner sa pièce sur la table de bois, et sortit en se frottant les reins.
– Madame! interpella Sveti en se tournant à demi, vous qui voyez passer du monde, n'avez-vous jamais rencontré de Serbes?
– Ah! fit la dame étonnée. Qu'est-ce que c'est?
– Des gens de l'Est, des étrangers.
L'aubergiste fit une moue d'ignorance : non, vraiment, elle ne pouvait pas dire...
– Pourquoi demandes-tu cela? s'étonna Robin.
– Comme ça!
Robin tendit ses mains vers le feu et remarqua :

– D'ailleurs, il n'y a pas grand-monde, dans votre auberge.

– C'est qu'ils sont aux champs, mes clients. Tu vas les voir arriver, tout assoiffés, dès le coucher du soleil... Du reste, ça ne va pas tarder, je ferais bien de monter un tonneau de la cave. A tout à l'heure!

Robin soupira. Ça n'en finirait donc jamais, de sécher! Il avait bien fait d'enfiler son habit de scène, en attendant.

– C'est triste, dit-il, des vêtements sans personne dedans... On ne les reconnaît même plus, c'est comme si on ne les avait jamais vus. Donc..., donc ce sont sans doute les personnes qui présentent de l'intérêt... pas leurs oripeaux!

– Pourtant, dit Sveti de sa voix lointaine, si je changeais de robe, tu ne me reconnaîtrais pas non plus...

– ... Pas faux..., fit Robin en hochant la tête, pas faux... Alors, disons que l'homme et ses vêtements ne font qu'un, et que...

– Chtt! souffla Sveti, le front plissé.

Ils restèrent un moment sans respirer.

– Tu n'as rien entendu?

– On dirait, murmura Robin, on dirait... un râle... Ça vient de par là... la cave!

Il se précipita vers l'escalier de bois.

– C'est l'aubergiste, cria-t-il, et il dévala l'escalier.

Sveti avait bondi sur ses pieds.

– Qu'est-ce qu'il y a?

Aucune réponse ne lui parvint, seulement un bruit sourd. Elle serra sa couverture autour d'elle et courut jusqu'à l'escalier.

– Qu'est-ce qu'il y a?

Une drôle d'odeur émanait du trou sur lequel elle venait de se pencher.

– Robin! cria-t-elle un peu angoissée.

Mais Robin ne répondit pas. C'est à peine si elle distinguait une forme jaune safran au bas de l'escalier.

– Comte! hurla-t-elle. Comte!

Elle avait jailli dans la cour de l'auberge. Le comte leva un regard surpris. Pour que la petite soit dans cet état, il fallait que quelque chose de grave soit arrivé.

D'un bond, il fut dans l'auberge, son arquebuse à la main. Mais non, l'arme ne lui serait d'aucun secours : la grande salle était vide.

Sveti, toute pâle, ne put que lui indiquer la cave. Le comte s'était jeté dans l'escalier... Son élan fut stoppé net par l'odeur qui en montait.

– Des vapeurs! s'exclama-t-il. Des vapeurs d'alcool! Je ne peux pas descendre, je vais être asphyxié comme eux! Il y a sûrement une porte qui donne sur la cour!

Il n'avait pas fini de dire ces mots qu'il était déjà dehors.

Sveti restait là, sans bouger, le poing crispé dans le poil de Patzi qui reniflait avec inquiétude les émanations provenant d'en bas.

La lumière envahit soudain la cave : le comte avait trouvé la porte et, une fraction de seconde plus tard, il était au bas de l'escalier. Se bouchant le nez de la main droite, il souleva de sa poigne vigoureuse le corps inerte du garçon.

Alors seulement Sveti réagit. Elle ne sut pas comment elle était arrivée là, agenouillée dans la boue près de Robin.

– Occupe-t'en! dit le comte en bondissant de nouveau dans la cave.

Mais une seule main ne suffirait pas pour tirer l'aubergiste à l'air pur.

– Aidez-moi donc! cria-t-il au marchand qui restait planté là, son arquebuse à la main, à regarder le comte avec des yeux ronds.

– C'est que, dit le marchand d'une voix hésitante, d'autres ont laissé leur vie à ce petit jeu...

– Aidez-moi! cria de nouveau le comte, de sa voix la plus puissante.

L'autre sursauta, pâlit, puis se pinça le nez. Que pouvait-il faire? Il fallait y aller!

Sveti se sentait toute raide, malade. Comment aider Robin? Elle triturait ses doigts nerveux. Déboutonner sa veste! Oui! Ses mains tremblaient.

L'ours s'était approché. Il renifla avec grand soin le visage de Robin, puis se mit à le lécher consciencieusement.

C'est quand la langue passa sur le nez que le garçon eut un léger tremblement. Il ouvrit les yeux : le comte et l'un des marchands portaient l'aubergiste dans la cour, Patzi lui léchait le front, et Sveti le regardait fixement avec des yeux encore plus grands que d'habitude.

Robin se redressa sur un coude, jeta un regard surpris sur le sol boueux, et laissa tomber :

– Eh bien... voilà encore un costume qui n'est pas près d'être sec!

9. Le gué

Y avait-il eu un été? D'habitude, il venait après le printemps, mais voilà qu'on avait sauté à pieds joints dans l'automne, sans avoir vraiment vu le soleil.

Des spectacles de plein air? On en faisait fort peu, mais depuis une semaine, la troupe était engagée à l'auberge du Petit-Duc. Liance y donnait des leçons de danse, et le comte des leçons d'escrime, pour le plus grand bénéfice de l'aubergiste qui les avait installés dans une vaste grange, et servait force chopines aux danseurs et escrimeurs assoiffés.

– Les affaires marchent! disait-il en se frottant les mains d'un air jovial. Ces tsiganes sont une bonne opération!
– Ils y trouvent aussi leur compte! rappela sa femme. Ils ont des élèves toute la journée.
– Tant mieux, tant mieux! disait encore l'aubergiste en se refrottant les mains.

– Aubessons! cria un homme en s'encadrant dans la porte de l'auberge.

Il était grand et maigre, avec de longs cheveux noirs, qui contrastaient avec sa barbe rousse.
– Des aubessons! Une pleine charrette. En voulez-vous, aubergiste?
– Ma foi, je n'achète pas sans voir!
– Voilà qui est bien dit, aubergiste. Aussi, je t'invite à te rendre compte par toi-même.

Il s'effaça pour laisser passer son futur client sans pour autant cesser de parler :
– Voyez donc! Des champignons magnifiques, d'un blanc éclatant au-dehors, roses comme une peau de bébé en dedans. Du meilleur, je vous dis!
– Je te crois, marchand, je te crois! fit

l'aubergiste en levant la main pour essayer d'arrêter le flot. Combien les vends-tu?
– Une année de pluie, continua l'autre, imperturbable, ça vous réveille la terre. Enfin, pour l'aubesson, j'entends! Mais alors, pour le cueillir, faut pas avoir peur de se crotter, comme je le disais à...
– Combien! interrompit l'aubergiste.
– Ils sont beaux et, pour les ramasser, comme je vous disais...
– D'accord, d'accord! Tu me le dis, ce prix!
– Six deniers la livre! Mais dans une livre, hein! Y'en a de l'aubesson!
– Bon, dit l'aubergiste, ce sera quatre deniers, et tu m'en mets quinze livres.
– C'est pas payé! fit le marchand, mais tiens, je suis bonne âme, je te les laisse pour tes quatre deniers, et j'en ajoute une livre en cadeau.

L'aubergiste se retourna et héla le comte, qui briquait son épée à l'entrée de l'auberge :
– Ce soir, vous aurez des aubessons au souper!
– Pour notre dernier repas!

– Comment ça, le dernier?

Le comte eut un soupir :

– Aubergiste, dit-il sur un ton de reproche. Cela fait trois jours de suite que je vous rappelle notre départ et que vous jouez la surprise!

– C'est que... c'est que je n'ai pas envie d'y croire. Restez encore un peu, mes affaires marchent si bien!

– Nous ne pouvons : il est plus que temps pour nous de descendre vers le Sud. Si nous tardons trop, nous risquons d'être surpris par les inondations.

– C'est juste, approuva le marchand à la barbe rousse. Aux dernières inondations, nous avons dû grimper sur les toits. Mon chat était dans le cerisier, mon cochon s'est noyé, et nous, avec les enfants, sur le toit de la grange, on n'en menait pas large! Jamais vu ça! On n'a pas dormi pendant trois jours, à regarder l'eau grignoter les ardoises. Brrr... Et après, Pffft! toute l'eau a disparu. Où ça, monsieur, je vous le demande?

Il se tut un court instant puis, levant un doigt de prédicateur, il conclut :

– Dans des lacs souterrains, monsieur, je

vous le parie! Tant d'eau... Où aurait-elle pu aller?... Et vous, où allez-vous? fit-il en changeant de ton.

– Droit devant, dit le comte, droit vers le Sud.

– Droit vers le Sud? Mais il faut traverser les montagnes, monsieur!

– Nous les traverserons, dit le comte.

– Mais les loups, monsieur... Savez-vous comment on appelle cette route? Le chemin des loups, monsieur!

– A l'automne, dit le comte, les loups n'attaquent pas l'homme. Ils ne sont pas assez affamés pour cela.

– Alors, monsieur, arrivez au Sud avant l'hiver, c'est mon conseil...

⁂

Ils étaient partis. Un soleil timide luisait sur la boue des chemins. Sveti aimait les routes de montagnes, où chaque virage offrait des surprises. C'était une vallée qui plongeait à vos pieds, ou un mur de rochers à pic qui semblait fermer le passage. A chaque instant, on croyait que c'était fini, que la route s'arrêtait là... et puis non, le chemin tournait, et tournait encore, pour se frayer un passage le long de corniches qui faisaient battre le cœur.

La rivière galopait au creux de la vallée. En se laissant glisser sur son dos, on serait en quelques heures à la ville; mais les flots bouillonnaient, et se jetaient avec rage sur les rochers qui n'arrivaient plus à les contenir.

– Finalement, j'aime mieux être à pied, dit Kali.

– De toute façon, rétorqua Robin, il faudra bien la passer à un moment ou à un autre, cette rivière : la ville est de l'autre côté.

– Le chemin descend! cria Charles de sa voix pointue. On va voir la rivière! On va voir la rivière! On va se baigner!

– Tu rêves! gronda Kali. Je t'interdis bien de mettre ne serait-ce que le bout du pied dans l'eau : tu serais emporté par le courant, voyons!

Le petit visage brun, couronné de cheveux tout frisés au ras du crâne, prit un air déçu. Puis, comme sous l'effet d'une inspiration soudaine, Charles se mit à courir vers l'avant de la caravane.

Kali haussa les épaules :
– C'est toujours pareil, il ne me croit pas, il faut qu'il aille demander à son père!
– C'est normal! fit Robin avec un sourire moqueur. Si j'avais la chance d'avoir un père, moi, ce n'est pas à toi que je demanderais des renseignements!
Kali fixa le garçon avec des yeux sévères, puis elle dit :
– De toute façon, tu ne me demandes jamais rien!
– Raison de plus!
– C'est intelligent! grogna Kali.
Robin riait. Sveti s'approcha de Kali, qui gardait le visage fermé :
– Ne sois pas fâchée.
– Je ne suis pas fâchée...
Elle éleva la voix pour être sûre que Robin ne perde rien de sa phrase :
– Tout ce qu'il veut, c'est se rendre intéressant.
Robin fit semblant de n'avoir rien entendu, occupé qu'il était à surveiller les chevaux.

Ils avaient descendu l'étroit sentier et marchaient maintenant sur la rive de galets blancs.

A un trait d'arc en amont, la rivière se divisait en deux bras plus petits. C'est là qu'on traversait, d'ordinaire, le premier bras par le pont, et le deuxième à gué, mais le gué...

– Les eaux ont grossi! dit le comte, le front soucieux.

Il n'ajouta rien : on n'avait guère le choix, le pont le plus proche était à deux jours de marche.

– Prenez chacun un cailloux, conseilla Baboline. En passant sur le pont, vous le jetterez dans l'eau. Cela nous protégera du mauvais sort et du vertige.

Elle prit son cheval par la bride et se signa rapidement.

– Dépêchons! cria Montmirail. Le pont est encore là aujourd'hui, profitons-en!

Le pas des chevaux sonna sur le bois, couvrant le mugissement de l'eau qui s'engouffrait sous les planches. Même le chariot passa, malgré les réticences de Vaillant. Puis le convoi remonta l'île qui séparait les deux bras du fleuve, pour gagner le gué.

– Ça a brûlé, ici! s'étonna Montmirail.

– Qu'est-ce que c'est que ces ruines? demanda Robin.
– Autrefois, c'était une pêcherie, si mes souvenirs sont bons, la pêcherie d'Emile Poidevin, même. Je le connaissais fort bien... Je me demande ce qu'il est devenu.
– Hooo! cria le comte en levant le bras.

C'était le signe d'arrêter le convoi.
– Le gué est sous l'eau! cria Liance vers l'arrière.

Le comte, tenant son cheval par la bride, s'était immobilisé au bord de l'eau. Derrière lui, Baboline caressa la petite timbale en argent qui pendait à sa ceinture, en murmurant des paroles inaudibles. La timbale était tout son bien. Elle représentait des années d'économies et, ne serait-ce que pour cela, elle avait sûrement un pouvoir.

Baboline l'entoura affectueusement de sa vieille main fripée, puis elle dit :
– Nous passerons, n'est-ce pas, Barthélemy.

Elle était la seule à appeler le comte par son prénom.

– Donnartin, Montmirail, Robin et moi-

même ferons passer le groupe des chevaux; deux de chaque côté pour les encadrer. Montmirail prendra Jérémie en croupe. Je me chargerai de Charles. La mule de Donnartin aura bien assez de mal à passer toute seule.
– J'irai à pied, dit Donnartin, je la mènerai.
– Sveti montera Vaillant, continua le comte. Kali...
– Je vais dans le chariot! décida Kali.
– Ce serait trop dangereux! remarqua le comte. Le chariot offre une trop grande surface à l'eau... s'il était emporté! Non, tu monteras avec Liance. Vous deux, Baboline et Liance, vous encadrerez le chariot.

Avec le calme qui précède le danger, chacun prit la place qui lui avait été assignée. Le comte vérifia les roues du chariot et toutes ses fixations.
– Svetlana! dit-il gravement. Tu dois mener Vaillant, mais je veux que tu me promettes de sauter si tu vois que le chariot va être emporté.
– Ne vous inquiétez pas, dit Sveti. Vaillant est solide.

Le comte allait répondre, mais on ne

pouvait pas grand-chose sur la volonté de Sveti...

La fillette était déjà sur le dos de Vaillant.

– Va! lui souffla-t-elle dans l'oreille.

Et le chariot s'ébranla.

La tête contre le poitrail, Vaillant tirait puissamment. L'eau boueuse lui montait jusqu'aux flancs, giflant au passage les pieds nus de Sveti. Et c'est alors qu'il arriva : le plus grave des dangers qui guettent les passeurs de rivières... Comme un long navire ballotté par les flots, un tronc, un tronc énorme, filait vers le chariot.

– Saute, Sveti! hurla Robin.

Entendit-elle?

Toute pâle, Sveti talonnait Vaillant. Elle en était sûre, elle le savait avant de partir, la mort guettait dans la rivière. Elle ne savait pas ce que criaient les autres, mais Vaillant était là et, à eux deux, ils ne se laisseraient pas avoir. Elle talonna le cheval. Vite, Vaillant! Passons vite!

Sveti ne regardait pas le tronc – « Saute! ». Elle le sentait seulement qui arrivait sur elle comme une fatalité..., et

soudain, Donnartin fut là, s'agrippant au tronc de toutes ses forces, essayant désespérément de freiner sa course. Son visage était rouge, les veines de son cou se gonflaient sous l'effort.
– Hue, Vaillant! cria le comte de sa voix puissante.

Lentement, le tronc, ralenti, avait entamé un tête à queue. Donnartin n'en pouvait plus..., à peine l'avait-il immobi-

lisé quelques secondes..., le tronc avait reprit sa course folle. Il passa juste derrière le chariot, à quelques pouces; Donnartin restait planté là, au milieu des flots, respirant douloureusement. Il essaya de sourire, mais n'y arriva pas vraiment. Ses mains tremblaient, ses jambes ne le portaient plus. Un instant, il crut qu'il allait tomber. Il fit quelques pas et s'agrippa à l'arrière du chariot.

Ils étaient passés.

10. Un homme à la barbe blonde

– Donnartin! dit Montmirail.

L'homme tourna légèrement la tête. Son visage semblait un peu fâché.

– Nous avons tort de nous disputer, c'est ridicule.

Comme Donnartin ne répondait toujours rien, Montmirail continua :

– C'est ridicule, puisque, en fait, seule Liance décidera.

Donnartin hocha imperceptiblement la tête.

– Nous sommes tous les deux amoureux d'elle... mais il ne faut pas que cela gâche l'ambiance amicale qui a toujours régné dans la troupe. Alors, j'y ai longuement réfléchi : si elle te choisit, je ne dirai rien, et la vie reprendra comme avant. Je voudrais que tu fasses de même si c'est moi qu'elle choisit.

Donnartin regarda avec attention son compagnon, et fit un signe affirmatif. Nul besoin de promesse solennelle, cela suffisait.

– Vous avez réussi à passer la rivière? s'étonna le grand paysan roux qui croquait une pomme sur le pas de sa porte.

– Comme tu vois, l'homme! fit gaiement Montmirail.

– Eh bien!... La semaine dernière, toute une famille a été emportée, avec les trois sacs de blé que le père allait vendre au marché. Ben vrai... il s'en passe, des choses, dans cette rivière!

– Et la pêcherie? Qu'est-ce qui lui est arrivé?

– Ah ça... C'est pas du hasard, ça, on ne peut pas le dire : c'est le juge qui a décidé.

– Décidé quoi?

– Ben... c'est que l'Emile Poidevin, il est

allé au marché avec une cargaison de poisson pourri. Faut dire que ça, c'est encore la faute à la rivière : pendant une semaine, impossible de traverser. Il ne pouvait pas le deviner, l'Emile, quand il a sorti ses poissons de l'eau, comme tous les jeudis soir. Mais voilà que le vendredi matin, alors que le chargement était prêt, il s'est aperçu que les eaux étaient montées pendant la nuit. Il n'a pas pu passer la rivière. Evidemment, les poissons étaient morts, on ne pouvait plus les remettre à l'eau.
– Je vois, dit Montmirail, il n'a pas voulu les jeter, et il a essayé de les vendre la semaine suivante!
– Tout juste! Ah! Ça n'a pas été long, il a été dénoncé aussitôt, et sa pêcherie condamnée au feu. Tout a brûlé, comme vous avez pu voir, et l'Emile, il croupit en prison. Il aurait mieux fait de les refoutre à l'eau, ses poissons!

– Sommes-nous encore loin de la ville? interrogea le comte.
– Pour ça, non! Passé le bois, vous la verrez sur votre droite. La vallée est étroite, et vous ne risquez pas de la rater,

mais dépêchez-vous, car les portes de la ville ferment à la tombée du jour, et le soleil est déjà bien bas.
– C'est sans importance, dit le comte. La nuit sera belle, et nous la passerons dehors.
– J'adore camper au pied des murailles! s'exclama Robin.
– La rivière passe-t-elle par là? demanda Baboline.
– Tout juste! Elle mouille les pieds de l'enceinte, et après, elle retourne dans la montagne. Vous venez pour la foire?
– Tout juste! fit Robin, l'œil malicieux.
– J'en ai vu passer, des gens, pour cette foire! Et même toutes sortes d'étrangers... Eh bien... bon voyage!

La troupe s'était remise en route. Seule Sveti ne marchait pas. Silencieusement, elle s'était approchée de l'homme :
– Vous avez vu passer des étrangers... des Hongrois, des Autrichiens, des Serbes peut-être?...
– Ah, ça! dit l'homme d'un air sceptique, je ne leur ai pas demandé... mais maintenant que tu m'en parles, un Serbe... peut-être bien!

Le cœur de Sveti fit un bond :
– Comment est-il?
L'homme fit une grimace qui signifiait qu'il ne se rappelait pas bien. Grand, c'est tout ce qu'il pouvait en dire. Ah, non! Il avait aussi une barbe blonde très fournie.
– Il est allé à la ville?
– Je pense, dit l'homme. Pourquoi me demandes-tu cela?
Sveti fit, sans répondre, un geste de la main, puis elle se mit à courir pour rattraper les autres; au bout de dix pas, elle s'arrêta pour crier : « Merci! » et elle reprit sa course.

⁂

– Je n'aime pas faire cela, grogna Kali. J'ai les pieds tout sales!
Avec application, Baboline faisait tourner un long morceau de bois dans la marmite de purée de fèves.
– Si tu veux une robe neuve, Kali, tu n'as pas le choix.
– On aurait pu acheter le tissu tout prêt!
– C'est cher! Tu ne pourrais pas l'avoir avant l'été prochain : que choisis-tu?
Kali soupira, mais ne répondit rien. De

ses pieds nus, elle pataugeait dans le mélange de terre à foulon, de lie-de-vin, d'urine et de chaux. Petit à petit, elle y ajoutait du sable, tout en se dandinant sur ses pieds boueux. Quand le mélange serait prêt, on y plongerait la toile toute neuve qu'on venait d'acheter spécialement pour elle au tisserand de la ville.

– Je la laisserai tremper trois jours! décréta Kali.
– Si tu veux...
– Elle sera belle et douce. Et puis je la rincerai à l'eau chaude, je pourrai, n'est-ce pas?
– Tu pourras. Je te ferai chauffer de l'eau. Ensuite, je t'aiderai à aller rafraîchir la toile à la rivière, avant de la teindre.
– Oh, oui! Oh, oui! Tu me la feras bleue, dis?
– Je la ferai bleue si je trouve des feuilles de pastel!
– Dans une grande ville comme ça, s'excita Kali, on trouve de tout, n'est-ce pas?
– Sans doute..., fit Baboline rêveusement.
– Le bleu, dit Robin qui les écoutait,

appuyé au chariot, c'est salissant. Ce sera une raison de plus pour refuser de marcher à la moindre averse!
– Robin! grogna Kali, occupe-toi de tes affaires!
– Bon, bon, je n'ai rien dit. D'ailleurs, je vous laisse à vos occupations, et je vais voir si le comte a vendu des chevaux. Je l'ai aidé à tresser toutes les crinières ce matin.
– J'espère qu'il aura vendu le noir! remarqua Kali.
– Parce qu'il t'a fichue par terre?

Baboline arrêta de tourner la purée :
– Robin, s'il te plaît, tu as dit que tu partais... alors, à tout à l'heure!

Le garçon plissa le front puis tourna les talons, un peu vexé.
– Si tu vois Sveti, cria Baboline, dis-lui de revenir. Pour peu qu'elle soit dans la ville avec Patzi qui n'a toujours pas de chaîne, elle risque d'avoir des ennuis!

Sveti dénoua la corde qui lui enserrait la taille. Elle mourait d'envie de courir à la ville, mais s'obligeait au plus grand calme.
– Ça ne va pas faire mal, dit-elle.

L'ours n'éprouvait aucune méfiance. Il regardait la fillette de ses yeux sombres et affectueux. Même assis, il était plus grand qu'elle.

– Tu ne vas pas bouger, dit Sveti en faisant un nœud coulant à la corde.

Elle s'appliqua, et vérifia le bon coulissage de la corde.

– Je suis obligée, s'excusa-t-elle. C'est seulement pour ne pas avoir d'ennuis!

Elle caressa le museau de l'ours, qui ferma les yeux de plaisir, puis répéta :

– Ne bouge pas...

Elle passa le nœud coulant autour du museau brun. Patzi n'avait pas bronché.

– Ne crois pas que je me méfie de toi, dit gravement la fillette, mais si tu n'es pas muselé, les hommes de la police vont exiger que je te mette un anneau, et cela ne serait pas drôle pour toi. Tu comprends cela?

Sveti entoura de ses bras le cou épais de son ami. Il comprendrait, sûrement. Il fallait qu'il comprenne, qu'il ne croie pas qu'il s'agissait d'une punition. Sveti en avait le cœur serré : l'ours des Carpathes est tellement susceptible, et Patzi en particulier était sensible au moindre des reproches. Depuis le temps qu'ils vivaient ensemble, ils avaient si bien appris à se connaître qu'un simple froncement de sourcils de Sveti ou un souffle de Patzi suffisaient à exprimer une mauvaise humeur dont l'autre devait tenir compte.

– Viens, dit Sveti en tirant légèrement sur le bout de la corde qu'elle tenait à la main.

L'ours eut un instant d'hésitation et il se leva avec lenteur, en secouant la tête à plusieurs reprises. Puis il se rassit et passa la patte sur son museau emprisonné.

– Ne touche pas! prévint Sveti en levant le doigt. Je t'ai déjà expliqué : tu devrais comprendre!

Un tout petit enfant, la tête entourée d'un bourrelet protecteur contre les chutes, regardait l'ours avec des yeux ronds.

– Tu vois, dit Sveti, tu te fais remarquer.

Elle se pencha vers l'oreille ronde et velue de l'ours, et murmura :

– Si tu es raisonnable, tu auras une pomme.

Patzi souffla un grand coup, comme s'il avait éternué. Visiblement, le mot « pomme » faisait partie de son vocabulaire préféré.

Il se releva, et suivit lentement son amie.

– Tu es gentil! dit Sveti.

Elle ne parlait à personne autant qu'à son ours. Elle aimait lui apprendre des mots, plein de mots. Il fallait qu'il comprenne, et ne se contente pas d'obéir au geste. Jamais elle ne l'avait frappé : quelques reproches bien sentis suffisaient à le faire rentrer sous terre. D'ailleurs, l'idée ne serait pas venue à Sveti de lever la main sur lui : l'avait-il jamais agressée, alors qu'un seul de ses coups de patte pouvait la tuer?

« Les animaux savent vivre », disait le comte.

C'était un couple étrange, que l'ours et la fillette. Lorsque lui se dressait sur ses pattes postérieures, elle ne lui arrivait guère plus haut que la taille. Il aurait pu l'écraser de ses grosses pattes, et il la suivait comme un petit chien.

La porte de la ville s'ouvrait sur une rue aux pavés mal joints, coupée de ruelles étroites et sales, d'où débouchaient des gamins loqueteux et des charrettes bruyantes.

Plus on avançait, plus il y avait de monde. Pourtant, Sveti n'eut aucun mal à se frayer un passage, et l'ours n'y était pas pour rien. Sveti adorait cette sensation : que son gros ami si débonnaire suscitât une telle crainte l'amusait. Elle pouvait traverser les foules les plus denses sans jamais être ralentie.

Ses yeux vifs scrutaient chaque visage, essayant de repérer un homme à la barbe blonde.

Elle serrait dans sa main la petite pièce que le comte lui avait donnée, en se haussant sur la pointe des pieds pour repérer les marchands. Elle n'aurait pas osé demander son chemin, elle allait droit devant elle, ses pieds nus caressant les pavés chauds.

Enfin, au coin de la ruelle, une charrette de marchand de fruits.

– Je voudrais une pomme, dit Sveti.

– As-tu de quoi payer? demanda

l'homme en jetant un regard méfiant du côté de l'ours.
– J'ai un denier.
– Ça va, grogna l'homme, donne!

– Ho! fit une voix, derrière eux. C'est pas le prix, ça!
Sveti sursauta. Elle venait de reconnaître la voix de Robin.
– De quoi te mêles-tu, morveux? cria le marchand.
– Pour un denier, on peut avoir deux pommes! Et puisque vous avez voulu voler la petite, vous en donnerez trois!
Le marchand roula des yeux furieux, et il ouvrait la bouche pour répondre, lorsque Robin dit calmement :
– Vas-y, Patzi, attaque-le!
L'ours se dressa de toute sa hauteur.
– Retenez votre animal! cria le marchand en blêmissant.
Sveti posa sa pièce sur le fond de la charrette, et prit deux pommes.
– Ça va, Patzi! dit-elle en lui tendant un fruit.
Robin prit à son tour une pomme, la fit sauter et la rattrapa dans sa bouche. L'ours grignotait la sienne à tout petits

coups de dents, aussi vite que le lui permettait sa muselière. Ils s'éloignèrent tous trois sans se retourner.

– C'est bien fait! applaudit le marchand d'étoffe, accoudé à son étal.

L'autre lui montra le poing, avant de saisir les deux brancards de sa charrette pour la tirer plus loin, puis il se ravisa : il venait de donner un coup de pied à un porc qui buvait l'eau sale serpentant au milieu de la rue, et un éclair s'était allumé dans son œil.

– C'est à toi, ce porc?

– Qu'est-ce que ça peut te faire!

Le marchand de fruits ne répondit rien; il s'éloigna avec un sourire rusé.

– Rentre donc ton porc, conseilla la voisine, qui n'avait pas perdu un mot de toute l'affaire. Tu sais bien que la nouvelle loi interdit de les laisser courir. Celui-là va te dénoncer.

Elle avait eu un mouvement de menton dans la direction du marchand qui disparaissait au coin de la rue. Cet ours, ajouta-t-elle, c'est sûrement un spectacle pour la foire. J'irai voir. L'an dernier, j'ai vu des saltimbanques avec six ours qui tiraient un carrosse!

Robin n'était pas peu fier de lui. Il l'avait eu, cet affreux marchand. Il ne remarqua même pas que Sveti ne partageait pas son enthousiasme.

Elle aurait tellement préféré payer plus cher, et pouvoir demander au marchand s'il y avait des Serbes dans la ville! Maintenant, Robin ne la quitterait plus, et cela l'aurait vraiment ennuyée qu'il l'entende pour la deuxième fois poser sa question. Déjà, chez l'aubergiste, il s'était étonné, mais là, il chercherait à comprendre! Elle ne voulait rien lui dire, rien, parce que c'était son secret.

Alors, comment faire? Elle se le demandait tout en examinant le visage de tous ceux qu'elle croisait. Jamais elle n'avait à ce point remarqué combien les gens sont tous différents les uns des autres, et soudain, sans réfléchir, elle avait crié :

– S'il vous plaît!

Robin ne comprit pas. Elle avait lâché la corde de l'ours et s'élançait vers un grand homme à la barbe blonde.

Que lui demandait-elle?

Au bout d'un moment, l'homme fit non de la tête, et Sveti revint, essayant maladroitement de cacher sa déception.

– Qu'est-ce que tu lui as demandé?

– Oh, rien! je croyais l'avoir déjà rencontré quelque part.

Le paysan s'était trompé : c'était bien le même homme, mais il était hongrois et non serbe, et il s'appelait Pazmany.

Non, son père ne s'appelait pas comme cela. C'était plutôt... Comment était-ce?... Ne se le rappellerait-elle jamais?

11. Un malheur

Ce jour-là était un grand jour. Pour l'entrée du roi dans la ville, les rues s'étaient habillées de fines toiles aux couleurs vives, qui s'élançaient d'une fenêtre à l'autre, comme des guirlandes multicolores. On avait sorti les plus riches tapisseries, qu'on laissait pendre le long des murs; rien n'était trop beau pour un jour de fête.

Les enfants s'agglutinaient aux fenêtres, tenant précieusement leur petit panier de pétales de fleurs qu'ils lanceraient tout à l'heure sur le cortège royal.

On se souciait peu de savoir de quoi parlerait le roi et les ambassadeurs étrangers qui avaient choisi leur ville pour se rencontrer. On voulait seulement voir le visage du roi, voir comment ils étaient vêtus, ces étrangers de Venise, de Milan et de Hongrie, comment ils se tenaient à cheval. Et on espérait découvrir dans leurs yeux une lueur d'admiration et de reconnaissance pour la ville qui les accueillait si bien. On s'était donné tant de mal!

Déjà, on percevait au loin le cri des trompettes et les roulements sourds des tambours de la garde. N'étaient-ce pas les héraults du roi de Naples qui tournaient le coin de la rue? Sur un immense cheval tout harnaché de noir et d'or, le seigneur souriait, jetant quelques pièces parmi les badauds. Derrière lui avançaient des chevaux magnifiques, des mules chargées de coffres – pleins de drap d'or et de soie! soufflait-on dans la foule – et puis les ambassadeurs enturbannés de drap précieux piqué de pierres d'azur, vêtus de manteaux tissés d'argent et bordés de riches fourrures, et leurs serviteurs en livrées chatoyantes portant des coupes de métal rare, des croix serties de pierres précieuses, des épées finement ciselées...

La foule ne criait même plus, bouche bée devant tant de beauté et tant de richesse. Une infime partie aurait suffi à les garantir contre la famine durant toute une vie.

On hésitait entre la liesse et un petit pincement au cœur dont on ne comprenait pas bien la raison au juste...

Quand, enfin, le roi de France fut passé, ce fut la liesse qui l'emporta : le signal de la fête était donné. Une tsigane s'était mise à danser au carrefour, une femme très belle, à la peau sombre et fine, mise en valeur par son turban rouge. Sa taille mince était soulignée d'une large ceinture de cuir souple, à laquelle pendaient des grelots éclatants sous le soleil.

Les bras levés au-dessus de la tête, une écharpe rouge à chaque poignet, Liance dansait comme dans un rêve. Sa taille fléchissait, ses écharpes virevoltaient, c'est à peine si ses pieds touchaient le sol.

Au son du tambourin frappé par Kali, elle marquait le rythme de tout son corps, et lorsque la flûte remplaçait le tambourin, elle recommençait à bondir et à tournoyer. Elle dansa la Mauresque*, si particulière aux femmes tsiganes et que le public aimait tant, mais aussi la chaconne, le passe-pied, la gaillarde et le menuet, toute seule, bien qu'on l'eût dite accompagnée de mille danseurs.

Sveti avait glissé dans sa poche les six sous qu'elle et Patzi avait gagnés. Tout à l'heure, elle les remettrait au comte, et il lui laisserait certainement quelques deniers pour s'amuser à la fête. Elle pourrait, si elle le voulait, s'acheter trois ou quatre dattes, ces petits fruits tout collants et si chers, qui viennent des pays lointains. Elle partagerait avec Patzi, il aimerait sûrement cela.

Elle venait de s'asseoir tout au bout de la place de l'église, contre le mur d'une grande maison, juste à côté d'un seau d'eau, posé là sans nul doute en prévi-

* La Mauresque : danse tsigane.

sion des incendies, et dans lequel Patzi venait de boire sans la moindre discrétion.
– Couche-toi, s'il te plaît! enjoignit Sveti.

Elle leva un regard craintif vers le clocher de l'église : cet après-midi, Montmirail et Robin allaient pour la première fois présenter leur nouveau spectacle.

Deux longues cordes partaient des arcades où s'encadraient les cloches, l'une pour venir s'accrocher à un anneau à chevaux fiché dans le mur de l'hôtel de ville, l'autre qui rejoignait le clocher du même bâtiment.

Robin semblait détendu, là-haut. Il souriait. Pourtant, Sveti en était sûre, il avait un peu peur. Peut-être même avait-il terriblement peur, bien que, autour de l'anneau à chevaux, on ait entassé matelas et coussins.

Sous les arcades du clocher, Montmirail avait sorti son couteau et raclait soigneusement la pierre d'aimant qu'il portait toujours à son cou. La foule, sur la place de l'église, avait peine à comprendre ce qu'il faisait, seule Sveti le savait : la poudre de pierre d'aimant, bue avec un peu d'eau-de-vie, était la meilleure protection contre le danger...

Maintenant, tout là-haut, dans son costume cramoisi bordé d'or et ses chausses d'escarlette* doublées de taffetas, Montmirail faisait lentement avancer ses pieds habiles sur la corde tendue de clocher à clocher.

Le cœur de Sveti battit plus vite. Jamais Montmirail n'avait évolué si haut, et elle en avait pour lui le vertige. Elle baissa les yeux sur l'ours qui respirait profondément, comme s'il dormait. Elle ne pouvait pas regarder là-haut; elle était déjà toute pâle. Elle imaginait le long balancier, oscillant sous les mains de l'homme en rouge, et elle ferma les yeux.

Les « oh! » et les « ah! » de la foule la renseignaient suffisamment sur le déroulement du spectacle. Elle redoutait toujours d'entendre ce « oh! » bref et suffoqué, suivi de cris qui voudraient dire... Non, elle ne voulait pas y penser. Mont-

* Escarlette : tissu.

mirail était très fort, très adroit, pourquoi éprouvait-il à ce point ses nerfs, en simulant une perte d'équilibre? Il faudrait pourtant qu'elle rouvre les yeux, pour ne rien perdre du nouveau spectacle de Robin!

– Regarde le gosse! s'écria une femme.
– Que fait-il?
– Il va descendre...
– Non!
– Si, regardez...
– Mais non, il s'attache un pied à la corde!
– Il ne va quand même pas...
– Il se laisse glisser!
– Bon sang! La tête en bas!

Un long silence interrompit la conversation. Sveti avait les yeux fixes. A toute vitesse, la petite masse jaune glissait vers l'hôtel de ville.

Sveti était debout. On avait seulement entendu un bruit mat, et Robin s'était relevé, saluant la foule en riant de joie, mais peut-être aussi de soulagement. Les pièces tombaient dans ses mains, tant et tant qu'il devait les glisser dans ses poches au fur et à mesure. Il riait maintenant de fierté et de bonheur.

Au-dessus, sur la corde du haut, Montmirail s'était remis à danser. Le spectacle ne s'arrêtait pas; il laisserait le spectateur le souffle court et le cœur battant.

La foule avait crié.

Puis des applaudissements, et les rires involontaires de la détente après la peur.

Sveti n'avait pas levé les yeux : elle n'avait pas besoin de cela pour savoir que Montmirail venait de se laisser tomber et de se raccrocher au dernier moment par un pied, ensuite il mettrait le balancier dans son dos, et puis il se suspendrait par le menton, et puis... Sveti ferait mieux de ne plus venir au spectacle. Pourquoi Montmirail ne voulait-il pas s'en tenir à ses tours de jongleur?

*
**

Svetlana n'arrêtait pas de se dire que tout était de sa faute, que si elle avait osé parler aux hommes de police, tout serait

allé autrement. Qu'allait-il arriver maintenant?

– Il ne faut pas te décourager, dit le comte. Il n'est pas si facile de tuer un tsigane; ne t'inquiète donc pas tant!

Il essayait de prendre un ton rassurant, mais sa voix sonnait faux.

– Ils étaient bien habillés, murmura Sveti.

– Bien sûr, tu ne pouvais pas savoir...

– Si. Je les ai bien vus. Ils coupaient les bourses pendant que tout le monde regardait Montmirail. Ils étaient si adroits... Vous comprenez, j'ai cru avoir mal vu!

– Je sais, dit le comte. Ils avaient de larges manches fendues et y glissaient les bourses au fur et à mesure, c'est bien cela?

– Si j'avais su...

– Si tu avais su, tu aurais prévenu les sergents, mais tu ne savais pas, c'est tout!

– Aussi, intervint Robin, il faut dire que jamais Montmirail n'avait jonglé avec des bourses! C'est vraiment un sacré manque de chance! Encore, s'il les avait demandées... mais il les a subtilisées!

– Ce tour était quand même drôlement bien réussi! s'exclama Kali. Il fallait voir la tête des gens, lorsqu'ils se sont aperçu que c'étaient leurs bourses pleines de sous qui tournoyaient entre les mains de Montmirail.
– Ils ont été suffoqués, et puis ils ont bien ri quand Montmirail leur a rendu leur argent.

C'est là que Sveti avait saisi ce qui allait se passer, au moment où elle que vit certaines personnes n'avaient pas récupéré leur bourse. Bien sûr, tout le monde croirait que c'était un coup du jongleur, et ça n'a pas manqué.
– Mon argent!
– Ma bourse!
– Rendez-moi ça, sale voleur!

Montmirail avait eu l'air tout surpris. Il n'a rien compris quand les hommes de police l'ont empoigné sous les bras. On n'avait rien trouvé sur lui, bien sûr!
– Il a un complice! criaient les gens. Il a forcément un complice!

Alors Sveti s'était précipitée dans les jambes des sergents.

– C'est pas lui! avait-elle crié. C'est pas lui!

Les hommes l'avaient bousculée. Heureusement, Patzi n'était pas là : il serait intervenu, et les arquebuses auraient claqué.

– Je leur ai dit, pourtant, reprit Sveti. J'ai couru derrière eux, et j'ai crié : « C'est pas Montmirail qui a pris les bourses, ce sont trois hommes, je les ai vus! »

– Personne ne pouvait te croire, dit Robin.

– Ils ont pensé que tu voulais seulement sauver Montmirail, ajouta Baboline.

– Que vont-ils lui faire?

Sveti avait les larmes aux yeux.

Le comte secoua la tête, mais ne répondit pas.

– Ils vont le pendre! gémit Liance. Les voleurs, on les pend! Demain, aux aurores!

– Calme-toi, dit Baboline. Cela ne sert à rien de se mettre dans des états pareils!

– Il faut réfléchir, dit le comte. Nous ne laisserons pas faire une telle chose.

Sveti observa Liance comme si elle la

voyait pour la première fois. Bien sûr, comment ne s'en était-elle pas rendu compte?... Liance était amoureuse de Montmirail. Tout en elle le disait : ses gestes nerveux, sa rougeur, l'affolement de ses yeux! Sveti en fut tout heureuse, et en même temps un peu triste pour Donnartin.

Donnartin aussi avait vu. Il n'avait rien dit. Sa mâchoire seulement s'était crispée un peu.

12. Il faut faire quelque chose!

L'aubergiste examina la troupe d'un œil méfiant.

– Je n'ai plus qu'une chambre! lâcha-t-il.

– Tant pis, dit le comte. Nous nous en contenterons.

L'aubergiste gardait le visage fermé. Visiblement, il remuait de sombres pensées dans sa tête. Enfin, il grogna :

– C'est une toute petite chambre pour deux personnes. Tout le reste est pris, mais je vous signale que c'est ma chambre la plus chère.

– Vos chambres à six lits sont toutes occupées? s'étonna Robin.

– Oui da... avec la fête...
– C'est bon, dit le comte, je prends la chambre. Désirez-vous que je vous laisse une garantie?
– J'aimerais mieux! L'aubergiste s'amadouait.
– Je laisse un cheval, proposa le comte.
L'aubergiste réfléchit un instant et conclut :
– Il faut que je voie la bête.
Il tenait à s'assurer que l'animal avait plus de valeur que la location de la chambre. Avec les voyageurs, on ne savait jamais... s'ils partaient sans payer?

Le cheval était beau, très beau, même. Le comte lui souleva la lèvre inférieure pour découvrir ses dents, saines et bien découpées, et caressa le poil luisant. Il éprouvait toujours quelque fierté devant l'approbation qu'il lisait dans les yeux des amateurs. De tradition familiale, les chevaux avaient toujours été choyés et entretenus comme le bien le plus précieux.
– Les crins sont tressés selon ma marque personnelle, fit remarquer le comte. C'est une garantie.

– C'est bon. Laissez-le-moi en gage.

Le comte caressa longuement le cheval entre les deux yeux. Il était perdu pour lui...

⁂

– Je regrette, Robin, dit le comte, c'est Donnartin et moi. L'aubergiste l'a dit : deux personnes seulement. De plus, il vaut mieux ne pas attirer l'attention. As-tu bien fait ce que je t'ai dit?

– Je l'ai fait! grogna Robin.

– Raconte, alors! Faut-il tout t'arracher?

– Eh bien... voilà : il n'y a pas vraiment de prison. Ce sont les sous-sols de l'hôtel de ville qui en tiennent lieu.

– Je connais ce genre de ville, dit le comte. On ne s'encombre guère de prisonniers : on relâche ou l'on pend. Où donne le cachot?

– Il ouvre juste par un soupirail, dans la ruelle qui passe derrière l'hôtel de ville... mais les barreaux sont épais d'un pouce!

– Combien de barreaux?

– Trois!

– Sont-ils courts ou longs?
– Pas loin d'une coudée, à mon avis.
– Bien, bien... qu'en penses-tu, Donnartin?

L'interpellé hocha longuement la tête, sans rien dire.

– Réfléchis, Robin, reprit le comte, c'est très important : une coudée, c'est bon. Une demi-coudée, c'est trop court.
– Quand je suis debout devant, protesta Robin, ça m'arrive juste au-dessous du genou!
– Bien... bien... inutile de se fâcher. Il faudra laisser passer le couvre-feu. Le plus difficile, ce sera pour Sveti et Patzi.

Le comte se tourna vers la fillette :
– Sveti, écoute-moi bien : tu es la seule à avoir de l'autorité sur Patzi et à savoir lui parler, c'est donc toi qui l'accompagneras... mais tu es libre de ne pas accepter, bien sûr. (Les yeux courroucés de la fillette lui arrachèrent un sourire.) Je dis que le plus difficile est pour toi, parce que tu dois pénétrer dans la ville avant la fermeture des portes, et t'y cacher suffisamment bien pour ne pas te faire

repérer par les hommes du guet. Il faut que tu saches que le guet a le droit de tirer à vue sur quiconque se promène sans lumière. Comme il n'est pas question que tu en aies une, cache-toi dans le fond d'une cour, dans une ruelle, sous un porche profond, n'importe où, mais ne bouge pas, et empêche Patzi de faire le moindre mouvement. Il vous faudra attendre le milieu de la nuit, et alors nous nous retrouverons dans la ruelle.

– Je pourrais peut-être, dit Robin, accompagner Sveti. A deux...
– A deux, coupa le comte, vous avez deux fois plus de chance de vous faire remarquer. Sveti, tu as jusqu'à ce soir pour entraîner Patzi à ce qu'on lui demande de faire. Tu pourras?
– Oui... Sveti en était sûre, elle avait confiance dans son ours.
– Il faudra faire vite, reprit le comte. Cesse de bouder, Robin, tu sais bien que ce n'est pas par manque de confiance, que je te laisse là : nous ne pouvons être trop nombreux. (Il posa sa main sur l'épaule du garçon.) Tu as parlé à Mont-

mirail, continua-t-il d'une voix chaude. Comment est-il?

– Ça va bien... répondit Robin comme à regret. Les soldats ont eu peur qu'il réussisse à ouvrir des fers ordinaires, alors ils l'ont enchaîné de la tête aux pieds.

Les rires fusèrent. Un éclair de joie passa dans les yeux de Sveti. Ils avaient enchaîné Montmirail, les sots!

⁂

Le claquement des bottes sur le pavé s'enfla jusqu'à résonner dans la poitrine de Sveti. Elle posa vite la main sur le museau de Patzi. Déjà trois rondes, qui mettaient ses nerfs à rude épreuve. Heureusement, sa cachette semblait sûre, dans l'angle de cette cour intérieure, juste derrière le porche. Les hommes du guet se contentaient de passer dans la rue. Ils s'arrêtaient rarement, et ne pénétraient pas dans les cours, du moins l'espérait-elle.

Le veilleur de nuit, elle l'entendait passer dans la rue voisine, il ne tarderait pas à annoncer la minuit. Il crierait :

« Il est minuit, braves gens, dormez! »

Avait-elle rêvé? Elle tendit l'oreille. Non tout se passait dans sa tête.

– Il est minuit, braves gens, dormez!

Elle ne rêvait pas, le veilleur approchait, il criait bien le milieu de la nuit.

Sveti le laisserait passer, puis elle se saisirait de la corde qui enserrait le museau de Patzi. Cette nuit, l'ours ne pouvait pas se permettre la moindre fantaisie, le moindre bruit.

Elle caressa longuement la tête ronde et douce, entre les deux oreilles, et murmura des paroles de confiance et d'espoir. Puis elle se leva silencieusement, en faisant à l'animal un signe discret. Ils glissèrent tous les deux dans la nuit, comme des loups en chasse.

Derrière l'hôtel de ville, la ruelle semblait déserte. La dernière ronde venait de passer, la suivante n'aurait lieu que dans une demi-heure. Une demi-heure, c'était bien suffisant!

Le comte et Donnartin venaient de quitter l'auberge, avec la plus grande discrétion, en passant par la fenêtre.

Ombres dans la nuit, ils longeaient les

murs. La ville était d'un noir d'encre; le couvre-feu avait soufflé toute lumière, dans la crainte perpétuelle de l'incendie.

Ces silhouettes à l'angle de la ruelle... oui, c'était bien Sveti et son ours; tout était pour le mieux. Les quatre ombres s'étaient rejointes, et filaient sans bruit vers le soupirail. Pas un mot n'avait été échangé.

Collée contre le mur rugueux qui sentait l'urine et la mousse, Sveti fit asseoir l'ours devant le soupirail. Elle ne distinguait qu'à peine le comte et Donnartin, qui se confondaient avec le mur d'en face, de l'autre côté de la ruelle où ils s'étaient réfugiés en attendant que la première partie de l'opération soit terminée.

L'ours avait glissé son museau par le soupirail; une odeur, là-dedans, lui était familière, celle d'un homme qu'il connaissait bien, et dont la main lui caressa le museau.

Sveti avait pris lentement les deux grosses pattes de l'ours; elle avait obligé les griffes acérées à se glisser derrière les barreaux. Ils n'avaient disposé que d'un après-midi pour apprendre ce nouvel ordre, pourvu que...

– Tire, Patzi! chuchota la fillette.

L'ours hésita un instant. Se rappellerait-il?

– Tire!

L'animal dressa son torse puissant, agrippa ses griffes aux barreaux, et tenta de les attirer vers lui. Il connaissait ce tour, Sveti avait déjà joué à cela avec lui. Quand il arriverait à faire tomber les deux barreaux de fer, il aurait une caresse. Mais c'était difficile, beaucoup plus difficile qu'avec les barres de Donnartin fichées en terre!

L'ours s'énerva : il n'aimait pas qu'on lui résiste. Il tira et tira encore. Bientôt il pousserait des grognements d'agacement, et cela, il ne le fallait pas.

– Arrête! souffla Sveti. Arrête!

Comme à regret, l'ours desserra son étreinte.

Les quatre ombres s'étaient croisées au milieu de la ruelle. C'était au tour de Donnartin, maintenant, de s'acharner sur les barres de fer, tandis que le comte faisait le guet.

Si les barreaux avaient été plus courts, rien certainement ne les aurait fait céder, mais ceux-ci auraient dû plier. On n'entendait que la respiration contenue de Donnartin s'échapper par à-coups, en sifflements brefs. L'homme serrait les dents : il aurait ces barreaux, il faudrait qu'il les ait. Ne penser à rien, surtout pas à Liance. Il en viendrait à bout, il y allait de la vie de Montmirail, et Montmirail était son ami.

Donnartin détendit un instant ses muscles, massa ses épaules douloureuses, puis s'arc-bouta une nouvelle fois, les deux pieds en appui sur le mur, ses larges mains enserrant les solides barreaux.

Il n'en pouvait plus, pourtant les scellements étaient ébranlés, il le sentait. Essayer encore?... Il ne ferait que perdre du temps. Ses forces déclinantes ne suffisaient plus. Il fit signe au comte : il était temps de faire de nouveau appel à Patzi. La force de l'ours était supérieure à la sienne, infiniment même, s'il voulait faire un effort, s'il comprenait l'importance de l'enjeu.

Encore les barreaux... Patzi les frappa

nerveusement de sa patte griffue. Il ne les arracherait pas de la manière qu'on lui avait apprise!

– Patzi, je t'en prie, tire!

L'ours passa ses deux pattes par le soupirail, et enserra un barreau au creux de chaque coude. Et il tira, comme le lui demandait sa petite amie. Il tira si fort que dans un crissement sourd, il roula en arrière.

Son bonheur était à son comble quand Sveti le félicitait, et il serait félicité : il les tenait, maintenant, les barreaux qu'elle voulait tant!

Comme un serpent, Montmirail s'était coulé dehors et, dans le silence de la nuit, cinq silhouettes se glissaient par les ruelles désertes.

Ils sortiraient par la porte est, simplement fermée par une lourde barre de bois qui n'offrirait pas de résistance à Donnartin, gardée par deux sergents un peu assoupis à cette heure de la nuit, et qu'on aiderait à s'endormir.

La lune se faufila entre deux nuages. Au fond d'un cachot puant, seul, un petit tas de chaînes...

13. D'étranges histoires

Depuis qu'on avait quitté la ville, en cette nuit d'automne, on avait beaucoup marché, deux jours durant, sans prendre de repos. On avait passé des cols, et descendu dans d'étroites vallées. Pendant longtemps, on n'avait même pas rencontré une ferme. Le froid se faisait plus vif, la fatigue coupait les jambes. On était loin, maintenant, on pourrait se reposer...

Le feu de branches de sapin craquait encore sourdement, en mourant peu à peu dans le froid de la nuit. On s'était entassé dans les tentes pour lutter contre l'air glacé.

Serrée contre Patzi, Sveti ne dormait pas. Elle retournait dans sa tête mille pensées qui l'empêchaient de s'assoupir. Elle finit par s'asseoir : il lui avait semblé entendre comme des chuchotements dans la nuit. Au camp voisin, on ne dormait sans doute pas non plus.

Sveti s'enveloppa dans sa couverture et se glissa dehors : quand elle ne parvenait pas à trouver le sommeil, mieux valait sortir. Tout à l'heure, peut-être, il viendrait.

A quelques pas de là, dans une clairière en pente, on parlait doucement autour d'un feu encore crépitant.

Comme un chat, Sveti s'approcha. Elle demanderait à se réchauffer aux flammes, et on ne le lui refuserait pas.

Ils étaient six, six à porter, accrochée à leur cou, la coquille des pèlerins de Saint-Jacques. Leur bagage n'était qu'un sac de toile, et leur chapeau raidi par les intempéries racontait qu'ils étaient partis depuis bien longtemps.

– Que fait une fillette seule dans la nuit?

s'étonna un homme très maigre portant une barbe longue et peu fournie.

– Ne sais-tu pas que ces forêts sont infestées de loups? dit un autre.

Sveti s'assit près du feu :

– Je suis tsigane. Je suis seulement venue vous demander, à vous qui voyagez beaucoup, si vous n'avez jamais rencontré un Serbe.

Les pèlerins se regardèrent d'un air interrogatif, mais pas un ne réagit.

L'espoir disparut des yeux de Sveti, et elle tendit les mains vers les flammes, sans regarder personne.

– Les loups ne sont pas affamés, dit une voix, pas encore. Mais j'aimerais bien avoir fini de passer ces montagnes avant les premières neiges. Si le froid s'annonce, avec la faim, je ne donne pas cher de notre peau.

– On dit que le gibier n'a pas été abondant, cette année. S'il manque, ces charognes risquent de chasser l'homme, et pour mes quarante livres, je n'ai nulle envie de finir sous leurs dents!

– Quels quarante livres? demanda la seule femme du groupe en levant ses sourcils noirs et épais, qui faisaient paraître, dans son visage anguleux, ses yeux plus enfoncés encore.

– Pardi! ceux qu'on m'a promis! Vous ne croyez tout de même pas que je fais ce pèlerinage pour moi-même et à mes propres frais! Que nenni! C'est une femme qui me paie..., d'ailleurs, si vous n'avez pas sommeil, je peux vous raconter..., l'histoire est intéressante.

Quelques hochements de tête encouragèrent le récit. L'homme ramena ses jambes en tailleur, pour être plus à l'aise, et commença :

– Ça c'est passé pas plus tard que l'hiver dernier, au mois de janvier. La Marie Delépine était servante chez le banquier Afrolo. C'était une riche maison, et les gages y étaient très convenables, mais Marie était une coquette : il lui fallait toujours des capes élégantes à boutons dorés, des bonnets d'écarlate, et peu s'en fallait qu'elle ne veuille porter un manteau de petit-gris* ou même d'écureuil.

« Au train où elle voulait aller, ses gages ne lui suffisaient plus. Alors, voilà

* Petit-gris : genre d'écureuil gris.

qu'elle imagine de délester son maître d'un peu de beurre, oh rien qu'un peu, chaque jour. Pas grand-chose : juste pour se faire un peu d'argent supplémentaire en le revendant. Elle soulevait donc la motte, la creusait d'un bon morceau par en dessous, et la remettait en place.

« Le maître, qui était bon homme et ne s'occupait pas des cuisines, ne surveillait guère son personnel. Aussi, ce ne fut pas lui qui se plaignit, mais attendez : la Marie, au bout d'un moment, jugea que la revente du beurre n'était pas d'un rapport suffisant. Elle décida donc de garder le produit de ses larcins pendant plusieurs jours, après quoi elle en faisait des mottes qu'elle fourrait de vieux chiffons, pour que cela fasse plus gros, et s'en allait les vendre à l'autre bout de la ville, où personne ne la connaissait, en prenant bien soin de changer de quartier à chaque fois. Malheureusement pour elle, cela ne dura pas : elle fut reconnue et dénoncée. »

Le narrateur reprit sa respiration, juste assez pour avoir le plaisir de voir tous les yeux fixés à ses lèvres, avant de continuer :

– Elle fut condamnée à être jetée à la rivière, avec une pierre aux pieds...

Quelques têtes acquiescèrent : c'était la moindre des punitions pour un vol aggravé de tromperie!

– ... et le lendemain matin, la foule se donna rendez-vous sur le pont, pour assister à l'exécution. Il faisait un froid glacial, qui était tombé sur la ville pendant la nuit. On mena la Marie, pieds nus et les mains attachées dans le dos, comme c'est la coutume, et, tout au long du chemin, elle murmurait des prières, en regardant la croix du prêtre qui l'accompagnait.

« Quand on arriva au pont – et croyez-moi, j'y étais! –, tout le monde est resté bouche bée : la rivière était gelée, comme je vous le dis! La rivière avait gelé pendant la nuit. Les soldats hésitèrent sur la conduite à tenir, puis se décidèrent à casser la glace pour accomplir leur office, et déjà ils s'étaient armés de haches, quand la foule a commencé à crier au miracle, et à demander la grâce de la fille. On alla même sortir le prévôt de son lit, pour lui faire connaître le grand prodige, et il convint que c'était bien là un signe du ciel.

« La servante fut donc libérée. Elle pleurait de joie, elle dit que Dieu l'avait entendue et qu'elle ferait, pour lui rendre grâce, le pèlerinage de Saint-Jacques. Seulement voilà : après cette affaire, vous ne me croirez pas, mais elle épousa le banquier; et lui, peu enclin à laisser partir sa jeune femme sur les routes incertaines, pour un voyage fort long, lui enjoignit de trouver un remplaçant, qui fasse le voyage à sa place... et me voilà! »

– Ceux qui ont de l'argent, dit la femme, sont donc libres de ne point tenir leur parole?
– Ils ne sont pas libres! s'écria le grand homme maigre. C'est une honte, que d'accommoder sa conscience de quarante livres!
– Peut-être le résultat est-il semblable? remarqua un jeune homme très pâle, qui n'avait pas encore ouvert la bouche.
– C'est vrai, dit un autre, le pèlerinage est fait tout de même!

Les yeux du grand homme à la barbe clairsemée jetaient des éclairs.

– Dieu fait la différence! cria-t-il.

Sa phrase plana un instant dans le silence de la clairière, puis quelqu'un demanda :

– Vous-même, frère pèlerin, dites-nous ce qui vous a conduit sur ce chemin...

– La foi, monsieur, la foi! Pour obtenir mon salut et celui de tous les hommes mes frères, je serais allé jusqu'à Jérusalem!

– C'est un voyage qui coûte cher! remarqua l'homme aux quarante livres.

– J'ai tout vendu! Tous mes biens qui, je le reconnais, n'étaient pas très importants... Mais pour Jérusalem... je le vois, c'est trop peu. J'irai donc prier le seigneur chez son serviteur saint Jacques. Et dire que les riches, qui pourraient aller jusqu'au tombeau du Christ, préfèrent payer quarante livres...

Il eut un geste scandalisé et ne dit plus rien.

– Chez moi, dit un homme, c'est le maître drapier du village, qui a été condamné à faire le pèlerinage de Rome. Il ne l'avait pas volé!

Il s'arrêta un instant, espérant quelques questions, mais sa faconde n'avait pas le succès de celle du précédent narrateur, et personne ne répondit.

L'homme résolut de continuer tout de même :

– Il avait mangé de la viande en carême, sans se gêner!

Il jeta de nouveau un regard circulaire, et finit :

– Il ne l'a jamais fait, son pèlerinage : l'évêque a accepté douze livres en échange.

Le jeune homme très pâle se leva pour remettre une branche dans le feu. Sveti remarqua alors que ce n'était encore qu'un enfant, malformé sans doute car il se tenait tout de guingois.

– Moi, dit sèchement la femme, je n'ai pas douze livres. Assieds-toi!

Cette dernière phrase s'adressait à l'enfant.

– Il faut entretenir le feu, mère, bredouilla celui-ci. C'est pour nous protéger des loups...

– Les loups, le froid, et la pluie, et le vent, grinça la mère. Tout cela pour cet avorton que Dieu n'a pas voulu faire droit. (Elle fixait son fils avec des yeux durs.) C'est le père qui a exigé. Il fallait l'emmener pour sa guérison! Comme si Dieu allait s'intéresser à lui!
– Sait-on jamais! dit un homme. Dieu a ses secrets et tous, nous sommes ses fils.
La femme haussa les épaules :
– J'irai pas si loin! La boue et les ornières, j'en ai soupé. Et cette saloperie de voie romaine, toute défoncée : pas deux dalles au même niveau! Guérir?... Se casser les jambes, oui! J'irai pas plus loin que l'hospice d'Adalard. L'Aubrac, on devrait y arriver, non?
– L'Aubrac n'est plus loin, mais l'hospice fondé par le vicomte Adalard ne peut pas être considéré vraiment comme un lieu de pèlerinage...
– Oh!... fit la femme. A ce qu'on dit, le vicomte l'a bâti en ce lieu pour remercier Dieu de l'avoir sauvé.
– C'est vrai, il avait été assailli par des bandits, alors qu'il revenait de Saint-Jacques.
– Je ne vous le fais pas dire, reprit la

femme : il était de retour de Saint-Jacques. Alors, ce pèlerinage vaut bien l'autre.

Le visage des pèlerins ne réflétait que la perplexité.

– Moi, j'irai jusqu'à Saint-Jacques.

L'homme qui venait de faire cette profession de foi avait le teint jaune et le visage tourmenté. Ses cheveux raides tombaient dans son cou, et Sveti devinait au sommet de son crâne la tonsure des clercs.

– Il faut que je vous dise..., hésita-t-il,... cela fait partie de ma contrition... Je ne crois pas avoir fait le mal... ou du moins je ne croyais pas, jusqu'à ce que... Il me semblait que seule la justice avait guidé mes pas, mais depuis...

Son visage blême se découpait dans la nuit, il aurait pu inspirer de la crainte à qui l'eût rencontré seul en un lieu désert, mais ses yeux exprimaient plus de malheur que de cruauté.

– Ça s'est passé un jour de mai... du moins, c'est là que tout a commencé. A peine étais-je sorti de chez moi que deux gueux me tombent dessus. Ils me jettent à terre et me prennent tout mon avoir : neuf gros deniers d'argent et un écu, sans compter quelques petits parisis*. Ils étaient deux, mais je suis plus fort qu'il n'y paraît. J'en ai rattrapé un par son gilet, je lui ai allongé deux grandes gifles, et je m'en suis allé le remettre entre les mains de la justice. Il avait tout juste seize ans.

– On l'a relâché? demanda Sveti.

– On l'a pendu.

Le silence s'installa un instant.

– Et alors... ce fut affreux!

– Une pendaison est toujours affreuse. Il suffit de ne point la mériter.

– Non..., ce n'est pas cela..., je jugeai comme vous que c'était juste... Mais voilà que la première nuit je vis son visage à la fenêtre, un visage tout blanc, et qui me regardait sans rien dire. J'ai tiré le rideau, mais le visage était au plafond. La nuit suivante, j'ai senti son corps froid se glisser dans mon lit, et entendu son rire grinçant traverser les murs. Je ne dormais plus, son fantôme me hantait.

* Parisis : nom donné autrefois aux monnaies frappées à Paris.

Même le jour, je le sentais là. J'ai cru devenir fou.
– Avez-vous fait bénir votre maison?
– Je l'ai fait. Et puis, j'ai jeté du sel dans toutes les ouvertures...
– Les fantômes ne craignent pas le sel.
– Je passais ma journée en prière à l'église. Il m'attendait dehors, il me suivait tout au long des quais de la Seine, et un jour... Oh, c'est horrible!... un jour, il m'a précipité dans le fleuve. Alors, j'ai décidé de partir. Seul un pèlerinage peut me sauver.
– Depuis, l'avez-vous vu?
– Non. Il ne me suit pas. Mais j'irai jusqu'à Saint-Jacques.

On n'entendit plus que le feu craquer, en jetant de petits nuages de fumée par le bout des branches.
– Si vous êtes de Paris, dit l'homme aux quarante livres, sans doute avez-vous appris l'effondrement du pont Notre-Dame!
– Je n'ai rien su.
– Eh bien, vous ne serez pas étonné si je vous dis que les prévôts et les échevins qui perçoivent les droits du pont sont

toujours là lorsqu'il s'agit de faire payer, et toujours absents lorsqu'il s'agit de décider des réparations : les ponts, il faut que cela rapporte, pas que cela coûte! On leur avait pourtant dit que les bois étaient pourris... mais ça... ils n'écoutaient rien : « Depuis tant d'années qu'il est comme cela, qu'ils disaient, il tient toujours bien! » Et voilà que vers le milieu du jour, on entend des craquements.

« Sauvez-vous! » qu'on crie.

Tout le monde s'affole et quitte le pont en courant. Mais ceux qui avaient leur maison là, sur le pont même, se ravisent soudain : « Mon argent! Ma vaisselle! Mon manteau de fourrure! »... et tous de se précipiter pour sauver quelques meubles.

Le narrateur s'arrêta un instant, pour donner à sa voix la gravité voulue, et reprit :

– Ils ont sombré... avec le pont et ses soixante maisons...

Un silence.

– Le prévôt et l'échevin sont en prison, bouclés au Palais-Royal... mais ça ne remplace pas le pont!

– Ecoutez...

Les respirations s'arrêtèrent.

– Ce sont les loups... Ils sont loin mais, tout de même, allumons d'autres feux pour éviter qu'ils ne s'aventurent par ici.

14. Des sergents!

L'hiver n'était pas loin. Il arrivait si vite dans ce pays de montagnes qu'on ne savait jamais si la neige ne serait pas au rendez-vous du matin.

Au long des vallées, l'herbe se raidissait sous le givre de l'aube. Patzi reniflait vers les hauteurs glacées, vaguement inquiet, comme si son instinct l'avertissait de quelque chose d'important que son éducation parmi les hommes l'empêchait de comprendre vraiment.

– Nous ne coucherons plus sous la tente, avait dit le comte. Il nous faudra chaque soir trouver un abri.

On aurait dû avoir franchi la montagne depuis plusieurs jours. Le train était considérablement ralenti par le pas fatigué de Maria-Magdalena. La mule de Donnartin était si vieille... Mais c'était à elle de mener le convoi et songer à la remplacer eût été lui faire un affront.

La troupe se traînait sur les sentiers de pierraille. La mule boitait davantage, c'était évident, même si personne n'en faisait la remarque. Donnartin lui caressait le chanfrein en lui murmurant des paroles réconfortantes.

Enfin, une maison au bord du chemin.

– Y a-t-il quelqu'un? cria le comte.

Personne ne répondit.

– Y a-t-il quelqu'un? appela à son tour Montmirail, les mains en porte-voix.

– J' suis là! dit une femme sortant de la grange voisine. Que voulez-vous?

– Nous demandons l'hospitalité pour la nuit.

– Pour la nuit! dit une voix d'homme venant de l'étable.

L'homme fit un pas vers l'extérieur et détailla sans aménité la troupe des tsiganes.

– Je ne suis pas aubergiste! conclut-il sévèrement.
– La paille de votre grange nous suffirait!
– Louis! supplia la femme. Laisse-les donc. Cela ne nous dérange pas, et nous ne pouvons les laisser dormir dehors, avec ce danger permanent! Ce ne serait pas chrétien.
– Je sais ce que tu vas encore me dire, grogna l'homme : cela porte malheur de refuser l'hospitalité aux tsiganes.
– Ce n'est pas la seule raison, dit la femme, et tu le sais bien. Rappelle-toi ce qui est arrivé à ma sœur!
– Je sais : elle avait accueilli des tsiganes, et sa maison est la seule du village à n'avoir pas brûlé lors de l'incendie... Mais qu'est-ce qui nous prouve que l'incendie n'avait pas été allumé par eux?
– Louis! Tu sais bien que non!

Elle se tourna vers la troupe et ajouta :
– Ne faites pas attention à ce qu'il dit. Il veut me faire enrager, ce n'est pas après vous qu'il en a.
Dans son coin, l'homme riait tout seul.

La femme attrapa la grosse clé qui pendait à sa ceinture, et l'introduisit dans la serrure.

– Vous avez peur des voleurs? interrogea Robin.

– Oh! des voleurs, non! Il n'y a rien à voler. Mais dans la région, nous enfermons toujours les enfants en partant aux champs : si par malheur ils sortaient... avec personne pour les protéger! Ici, voyez-vous, c'est le pays des loups, et l'hiver dernier fut le pire de tous. Au village de l'autre versant, ils ont dévoré une jeune fille... Ils prennent les enfants à la gorge... et c'est fini.

– Ils ont aussi attaqué Perrin! ajouta l'homme.

– Heureusement, il gardait les moutons dans les prairies qui surplombent les champs. Il a eu le temps de crier : « Au loup! » On est tous arrivés, avec des massues, des piques et des bâtons, et même Louis qui avait son arbalète... Sales bêtes... ils sont au moins cinq ou six, là, dans les bois autour. Cette année, on ne les a pas vus encore...

Elle considérait avec crainte les arbres

qui couronnaient la montagne, puis elle hocha la tête et murmura :
– Ce n'est pas pour rien, allez! que cette route s'appelle le Chemin des loups...
– Vous ne pouvez pas les chasser?
– C'est qu'ils sont malins! s'exclama l'homme. Ils ont le diable dans le corps. On a tout essayé : creuser des pièges, tendre des cordes et des filets... rien!
– A croire qu'ils sentent que l'homme est passé par là, chuchota la femme, avec de mauvaises intentions à leur égard. Ils rôdent, ils tournent. Ils n'ont pas faim... pas encore. Ils ne s'approchent pas, mais ils viendront. Je les sens.

⁂

Sur la route verglacée, le chariot dérapait sans cesse. Tout le monde était descendu de cheval, pour éviter les chutes dangereuses. Mieux valait peut-être s'arrêter, attendre que le soleil ait fait fondre la glace... On ne pouvait aborder dans ces conditions le passage abrupt de la dernière colline!

Le comte ne disait rien. Son front s'était obscurci. Il observait les sabots maladroits de la mule boiteuse, sur le sentier en pente. Il fallait faire une pause, cette pauvre bête ne pourrait continuer ainsi!

Il allait lever le bras pour arrêter le convoi, et étouffa une exclamation : un des sabots de la mule venait de patiner. Elle s'affaissa sur le flanc, et son corps maigre glissa le long de la pente. Un bruit sourd : sa tête avait heurté un arbre. La bête ne bougeait plus.

Donnartin avait bondi, et il était là, à genoux, caressant la bonne grosse tête dont les yeux humides le fixaient affectueusement, en se fermant lentement comme pour s'endormir.

Personne ne fit un geste. Sur la pente caillouteuse, la bête ne bougeait plus. Elle était trop vieille, trop fragile.

Les yeux piquaient un peu, on n'y voyait plus très bien. On aurait voulu dire quelque chose, rien que pour se prouver qu'on arrivait à respirer, mais la voix ne passerait pas.

– Saleté de pays, grommela enfin Montmirail.

La mule fut enterrée là, là où elle était tombée.

Donnartin n'avait pas bougé. Le comte l'avait obligé avec douceur à reculer jusqu'au sentier, et il restait planté là où on l'avait poussé. Les yeux trop grands, un peu fixes, il avait regardé creuser le trou sans faire un geste, puis quand la mule fut cachée sous les pierres, il tourna le dos et descendit lentement le sentier, sans un mot, sans même se retourner.

Le reste de la troupe eut un instant d'hésitation, puis reprit le chemin dans un silence de mort.

*
**

– On en sort! dit le comte en arrêtant son cheval.

A leurs pieds, à perte de vue, la plaine, la grande plaine.

– Il était temps, fit Montmirail, je n'aime pas ces nuages...

Le comte leva la tête :

– La neige... Elle ne tardera plus.

Robin s'était approché, laissant les chevaux à la garde de Donnartin. Ainsi donc, c'en était fini de cette route

tortueuse, de cette montagne sans fin.
– C'est encore loin, s'inquiéta-t-il, le château où nous sommes invités?
– Nous y serons ce soir, dit le comte.
– Serons-nous bien payés?
– Deux florins.
– Deux florins pour jouer du luth et du violon aux courses de chevaux, s'exclama le garçon, ce n'est pas mal!
– C'est bien, dit le comte, nous serons, en plus, nourris et logés au château, mais il ne faudra pas décevoir.
– Pour être au point, c'est au point, s'écria Robin. Depuis le temps que Liance nous serine son nouvel air au luth, j'en ai les oreilles bourdonnantes!
– Moi, dit Montmirail, je jouerai ces airs tsiganes de Hongrie.
– Oh, oui! dit Liance. Ils sont merveilleux, si tristes, et puis si gais ensuite.

Montmirail sourit, un sourire que Sveti ne lui connaissait pas, sans moquerie, presque sérieux.
– A moi, dit Kali, ça me donne envie de pleurer.
– Qu'est-ce qui ne te donne pas envie de pleurer? se moqua Robin.

Le comte lui jeta un regard sévère et dit :
– Allons demander notre chemin dans cette ferme, juste en bas.
– Des tsiganes! cria un enfant qui disparut dans la ferme.
Une seconde passa avant qu'une femme sorte. Elle levait les bras au ciel.
– Dieu nous a entendus, criait-elle, Dieu nous a entendus!
La petite troupe s'était arrêtée, ne sachant quelle attitude prendre.
– Bonnes gens! implora la femme. Aidez-nous! Mon époux se meurt. Vous avez la science de la vie, aidez-moi!
La troupe restait silencieuse, essayant de comprendre.
– Aidez-moi!
– Je crois, dit le comte calmement, que ceci te concerne, Baboline.
La vieille femme s'était avancée. Elle pénétra dans la maison basse; les autres ne bougèrent pas, attendant la suite des événements.

Baboline s'était penchée sur le malade, puis elle avait appelé Sveti pour lui glisser quelques mots à l'oreille.

La fillette ressortit de la maison, toute droite et comme revêtue d'une importance nouvelle. Elle alla jusqu'à l'âne de Baboline, et fouilla dans les grandes poches qui pendaient de chaque côté.

La traversée de la montagne avait eu ses durs moments, mais elle avait été fructueuse pour la vieille guérisseuse : les poches étaient remplies de plantes de toutes sortes.

Sveti choisit quelques plantes et repartit vers la maison sans adresser aux autres le moindre mot.

– Ça lui ferait mal, rouspéta Robin, de nous dire ce qu'elle sait !

Assise dans un coin de la pièce sombre, Sveti observait Baboline. Sur le sol de terre battue, des poules se disputaient quelques miettes. Un chien ronflait au coin du feu, et deux lapins s'étaient blottis contre lui.

Une épaisse silhouette à la porte... et ce fut la débandade. Patzi avait fait le vide, par sa seule présence.

Baboline jeta des plantes dans de l'eau bouillante.

– Vous le sauverez? gémit la femme.

Baboline fit boire le malade puis murmura quelques mots, et dit enfin :

– As-tu de la pâte à pain?

– Il ne m'en reste pas, dit la femme en jetant des regards craintifs en direction de l'ours. J'ai cuit le pain de la semaine, avant-hier.

– Fais-en.

– ... C'est qu'elle n'aura pas le temps de lever...

– Cela n'a pas d'importance, fais vite!

La femme se précipita vers le pétrin. La farine, l'eau, le levain voltigèrent, les mains pétrissaient de toutes leurs forces.

– Ça va, dit Baboline.

– Mais la pâte n'est pas assez travaillée...

– Laisse, je te dis.

Baboline fit une petite boule de pâte, bien ronde d'abord, puis l'aplatit un peu. Elle y traça des signes étranges, puis elle expliqua :

– Tu la perceras d'un bâton, puis tu la laisseras sécher au soleil, jusqu'à ce qu'elle soit très dure. Ensuite, tu ôteras le bâton, et tu passeras par le trou une ficelle. Il faudra accrocher la boule au cou de ton mari.

– Ça le protégera? s'inquiéta la femme en joignant des mains suppliantes.

Baboline répondit par un léger hochement de tête.

– Que voulez-vous pour le service? s'enquit la femme, un peu craintive.

– Donne-moi le reste de la pâte à pain : c'est mon salaire.

– Je vais chercher un sac pour vous l'envelopper.

La femme se précipita à l'extérieur, heureuse de s'en tirer à si bon compte.

– C'est grave? demanda Sveti en regardant l'homme.

– Fièvre quarte, dit Baboline. Demain, il n'y paraîtra plus.

– La boule, Baboline, à quoi sert-elle?

– La fièvre quarte revient toujours, après trois jours, et encore, et encore... le talisman le protégera.

Lorsque la femme réapparut dans l'encadrement de la porte, elle avait l'air bizarre et un peu effrayée.

– Ne sortez pas, souffla-t-elle. Il y a des

hommes d'armes, là, dehors. Ils parlent à votre chef, ils disent que vous n'avez pas le droit d'être habillés ainsi.
– Comment « ainsi »? s'étonna Baboline.
– Il y a une loi, chevrota la femme, qui dit que les tsiganes ne doivent pas... Enfin, il faut vous habiller comme nous, pas avec des turbans et des manteaux bariolés. Les gardes du seigneur sont très sévères.
– Mais nous sommes invités par le seigneur!

C'est ce que le comte était en train d'expliquer.

Les soldats de la garde se consultèrent un moment.
– C'est bon, dit l'un d'eux. Si vous allez chez Monseigneur le Duc, il réglera lui-même cette affaire. Mais si vous voulez circuler dans ce pays, tenez-vous-en à la loi. Faute de quoi, vos enfants vous seraient confisqués et placés dans des hospices.

Il renifla bruyamment, se dressa sur ses étriers pour tout examiner, et demanda enfin :

– En dehors des chevaux, vous n'avez aucun animal domestique?

– Pourquoi? demanda le comte. Vous avez aussi des lois contre les animaux domestiques?

D'un œil vif, le comte avait parcouru rapidement le groupe : Patzi était absent.

– Par ordre de notre duc, tout animal non attaché doit être abattu. A cause de la rage.

– Nous n'en avons pas! dit rapidement Montmirail en jetant un regard inquiet du côté de la maison. « Pourvu que Sveti ait entendu!... »

Rien ne bougea.

– En route! s'écria le chef des gardes. Puisque vous prétendez vous rendre au château, nous vous escorterons. Et si vous avez menti, vous vous en repentirez!

Il était inutile de discuter avec dix soldats armés jusqu'aux dents. Montmirail saisit par la bride l'âne de Baboline, et alla l'accrocher à un arbre.

– Pourquoi laisses-tu cet âne ici? cria le soldat.

– C'est que nous venons de le vendre à cette fermière, et si je ne l'attache pas, il va nous suivre!

Au fond de la maison, Baboline et Sveti ne firent pas un mouvement.

– Ils laissent Siloun, souffla Baboline. Nous pourrons les rejoindre.

Sveti agrippait de sa main la peau du cou de l'ours. Surtout, qu'il ne bouge pas! Par l'étroite fenêtre, elle remarqua que Montmirail et Liance chevauchaient côte à côte, puis elle ne les vit plus. Le pas des chevaux s'était affaibli. On n'entendait plus un bruit.

Baboline monta sur l'âne.

– Merci de n'avoir rien dit, remercia-t-elle.

– C'est normal, dit la fermière, je vous devais bien ça.

Elle sourit, puis continua :

– La seule chose qui m'étonne, c'est qu'ils n'aient pas demandé à boire. Ils ne peuvent s'empêcher de nous rançonner d'un tonnelet de vin à chaque fois qu'ils passent.

La femme avait tenu à raccompagner ses visiteuses et leur ours jusqu'au bout

du chemin. Elle les saluait de la main, quand un galop...

– Bon sang! cria-t-elle soudain. Les voilà qui se sont ravisés!

Deux cavaliers arrivaient à bride abattue.

– Ils viennent chercher leur tonneau!

Le galop s'arrêta dans un grand Ooooh!

– Un ours! s'écria l'un des hommes.

– Sans corde et sans anneau!

– Etes-vous avec ces tsiganes? demanda-t-il durement en désignant la route.

– Quels tsiganes?

Baboline joua la surprise. Il ne fallait pas attirer d'ennui à la troupe.

Sveti ne sentait plus ses jambes. L'homme avait son arquebuse à la main... Il fallait fuir!

– Ne bouge pas, la gamine, ou je te tire dessus.

– Tue-le! lança son acolyte. Le duc nous donnera un bon prix de sa peau.
– Non! cria Sveti. Je vais lui mettre une corde tout de suite!

Les mains tremblantes, elle tentait de dénouer la bride de Siloun. Mais l'homme avait visé. La détonation la figea sur place.

– Palsambleu! je l'ai raté! grogna l'homme.
– Il file vers la montagne, on le suit?
– Pas le temps, gronda l'autre. Il ne faut pas qu'on remarque notre absence... et puis, le temps de recharger cette pétoire..., il sera loin. Allez, Jeanne, donne-nous un tonneau!

Sveti était pétrifiée. Plus rien en elle ne fonctionnait..., puis tout à coup, tout se délia, et un cri lui déchira la gorge :
– Paaatzii!

Elle était partie en courant comme une folle, par là où avait disparu l'ours effrayé, sur les flancs abrupts de la montagne.

15. Seule!

Sveti erra trois jours dans les bois, les yeux pleins de larmes, la faim au ventre, avant de rencontrer le chasseur. Il partagea avec elle un gros morceau de pain et lui abandonna toute la tranche de lard, puis il la laissa repartir, puisqu'elle le voulait ainsi, puisque c'était tellement important, en lui promettant de ne surtout pas tirer sur un ours, quel qu'il soit.

Les premiers flocons tourbillonnaient déjà. Où était-il? Ne l'entendait-il pas quand elle l'appelait?

Elle le cherchait de bergerie en bergerie, de hameau en hameau. « Un ours très gentil », disait-elle. Pourvu qu'un chasseur... C'est qu'il était si confiant.

Il n'avait aucune habitude de la vie solitaire, il chercherait sans doute refuge auprès des humains, mais les humains le comprendraient-ils? Un animal si grand, avec des griffes si longues et des dents solides... mais des yeux si doux... Pourvu que les gens voient ses yeux... Pourvu qu'ils sachent, qu'ils sentent...

On était entré dans les temps de neige, et avec la neige vinrent les loups.

On ne les voyait pas, on les entendait seulement, et leur hurlement faisait courir un frisson sur la forêt.

Depuis combien de jours Sveti avait-elle perdu la troupe? Quatre ou cinq, ou peut-être six.

Dans une ferme isolée, elle ne se rappelait plus où, on lui avait donné une couverture, qu'elle attachait sur son épaule comme elle l'avait si souvent vu faire à Baboline. Elle ne pleurait plus. Elle cherchait, c'est tout. Elle appelait.

Pas une fois ne lui était venue la pensée que, seule dans la forêt, elle était plus en danger qu'un animal de poils, de griffes et de dents.

Etait-il vraiment parti si loin?

Sveti gratta la neige de sa main glacée, et s'assit sur le tronc abattu. Elle qui n'avait jamais été seule auparavant..., elle en sentait comme des bourdonnements dans les oreilles. Le silence lui était inconnu. Ce qu'elle avait appelé de ce nom, jusqu'ici, était seulement un moment de calme bercé par les ronflements de Patzi, et troué ici et là du hennissement d'un cheval ou du rêve d'un petit. Ici, la neige étouffait la forêt.

Où étaient-ils, les autres? Le comte, Baboline, Montmirail, Robin... Soudain elle se rendait compte combien elle les aimait, combien elle était heureuse avec eux. Avait-elle raison de vouloir tellement retrouver son père? Que ferait-elle alors? Partirait-elle avec lui, abandonnant la troupe? Oh, non, elle ne pouvait pas! Il faudrait alors qu'il accepte de rester avec eux, mais le voudrait-il? Voilà que son père devenait un mythe de plus en plus lointain. La troupe... Quand retrouverait-elle la troupe?

Comme ils devaient être inquiets...

Et la forêt qui était morte, angoissante comme une armée de fantômes tapis dans l'ombre...

Elle ne faiblirait pas, elle ne penserait à rien, il le fallait. Seule l'imagination crée la peur, et pour ne pas lui donner de prise, elle nourrissait son esprit d'une seule phrase lancinante : « Il faut que je retrouve Patzi. Il faut que je retrouve Patzi. »

Une feuille de bouleau laissa soudain tomber sa charge blanche, dans un petit bruit mat, et c'était comme un peu de vie qui revenait. Puis la feuille tournoya : elle avait tenu, la dernière, toute seule pour affronter l'hiver, et la neige en était venue à bout.

Entre les troncs innombrables... oui... on distinguait un champ de neige. Une clairière... ou peut-être une prairie.

Sveti se leva d'un bond : si c'était une prairie, cela signifiait que les hommes n'étaient pas loin!

Elle saisit le gros bâton mal équarri qui était son unique défense contre les épines et les loups, et se mit à courir.

Le chemin blanc écartait les arbres devant ses pas, de plus en plus loin, jusqu'à ouvrir un vaste champ de neige, qui courait sur le plateau vers les flancs du prochain sommet pour le grignoter comme la vague le fait du rivage, et caressait les pieds du village, qui s'était retiré sur les pentes pour le laisser s'étaler.

Sveti s'immobilisa. Cette large tache blanche..., elle devrait y imprimer la marque de ses pieds nus...

– C'est bien Spérac, ici? demanda une voix d'homme, derrière elle.

Sveti sursauta.

– Je ne sais pas, dit-elle, le cœur battant.

– Tu n'es pas d'ici?

– Non...

Sveti hochait la tête.

L'homme était de taille moyenne, pas très jeune, à en croire ses cheveux blancs qui retombaient sur le col de sa cape de bure. Son regard parcourut rapidement le vaste champ immaculé, pour revenir sur les pieds nus de la petite.

– Tu viens de la forêt?

L'étonnement se lisait sur son visage.
– Oui...
– Tu es seule?
Elle était seule.
– Allons nous réchauffer, dit-il.
Et les deux silhouettes brunes pénétrèrent la tache blanche, laissant derrière elles une traînée sombre, comme un peu d'elles-mêmes.

⁂

– Je ne savais pas que vous seriez deux, remarqua la femme.
Elle était petite et menue, avec des gestes aussi vifs que ses yeux.

Les bols fumaient de la soupe chaude qui sentait bon le chou. L'homme aux cheveux blancs avala une longue gorgée de bouillon, avant de répondre :
– J'étais seul. J'ai trouvé cette petite à la lisière de la forêt.
– Seule dans la forêt en cette saison? Mais pourquoi?
– Je n'en sais rien moi-même, demandez-le-lui!
Ils se tournèrent tous deux vers Sveti,

qui se chauffait les mains à son bol de soupe.

– Je cherche Patzi.

– C'est un ami?

Sveti hocha la tête.

– A quoi ressemble-t-il? demanda la femme.

Sveti réfléchit un instant. Cent fois pourtant, elle avait dû le décrire, et à chaque fois, elle ne savait par où commencer.

– Il est très grand, dit-elle, avec des yeux affectueux. Il n'est pas dangereux, il est même beaucoup trop gentil et ne se méfie pas du tout des gens...

L'homme et la femme regardaient Sveti avec curiosité, ne sachant que penser d'une telle description.

– Pourquoi dis-tu qu'il n'est pas dangereux? demanda enfin l'homme. Il en a l'air?

– Il pourrait tuer quelqu'un d'un seul geste.

– Cet homme est si fort que cela?

– C'est que, dit Sveti en rougissant, ce n'est pas un homme... C'est un ours.

Les deux autres restèrent un moment

stupéfaits. Puis la femme hocha longuement la tête.

– Nous n'avons pas vu d'ours, dit-elle enfin. Nous n'avons que des loups, et c'est bien suffisant.

On n'entendit pendant de longues minutes que des bruits de soupe qu'on boit et de pain qui craque.

L'homme aux cheveux blancs regardait la fillette avec des yeux bienveillants.

– Je m'appelle Pierson, dit-il dès qu'il rencontra son regard. Pierson-le-Loup. Et toi, quel est ton nom?

– Svetlana.

– Svetlana! s'exclama la femme. Comme c'est joli! Ce n'est pas un nom d'ici?

Sveti leva les yeux sur elle :

– Je suis née par-delà les montagnes de l'Est.

Elle hésita un peu avant d'ajouter :

– Je suis serbe.

Dans le silence qui suivit, la femme coupa une tranche de lard qu'elle étala sur le pain de la petite, toujours en hochant la tête. Elle ne posa pas d'autres questions, bien qu'on sentît qu'elle en avait grande envie.

Elle s'assit au bout de la table, entre ses deux convives, et se tourna vers l'homme :

– Pour en revenir à notre affaire, ce sera comme on vous a dit : quarante sols. Vous êtes toujours d'accord?

– Je suis venu pour cela.

– C'est qu'il est mauvais, reprit la femme, le diable est en lui. Il a déjà tué deux bergers et dévoré une dizaine de nos moutons.

– Aucun loup ne me fait peur.

L'homme mâcha longuement un gros morceau de pain, qu'on voyait aller et venir dans ses joues maigres.

– Ce qu'il me faut, continua-t-il enfin, c'est un animal mort. Je pense qu'on devra tuer un mouton, ou quelque chose comme cela.

La femme réfléchit un moment, avant de s'enquérir :

– Un cheval..., cela irait-il?

– C'est une bête de valeur...

La femme l'arrêta en levant la main :

– Je ne parle pas de le tuer, bien sûr : c'est le cheval de Jean, qui est mort la nuit dernière.

– Ce serait parfait !
– La nuit va tomber. Nous nous occuperons de tout cela demain. C'est moi qui vous hébergerai, le village en a décidé ainsi. J'ai deux lits, et depuis que mes fils sont partis à la guerre... Bah ! ne parlons pas de choses tristes. Je vous laisse, il faut que j'aille préparer les lits.

Pierson tira longuement sur sa pipe en silence. Il envoya en l'air une bouffée de fumée, et commença :
– Tout à l'heure, tu as dit que tu étais serbe...
Sveti hocha seulement la tête.
– J'en ai connu, un Serbe, que j'ai blessé pendant la guerre en Italie.
Sveti ne respirait plus.
– Ce n'était pas un mauvais bougre, ajouta Pierson, mais saloperie ! il m'avait blessé aussi. Alors on était là tous les deux, lui avec sa tête qui saignait, moi avec ma jambe à moitié arrachée. Trois jours, on est restés là. A la fin, on ne s'en voulait plus, on était même plutôt copains... Radislav, qu'il s'appelait...
Sveti était toute pâle, la bouche ouverte.

– Radislav..., bredouilla-t-elle.

Radislav, c'était cela, c'était son nom!

– Qu'est..., qu'est-il devenu?

Pierson observa un moment la fillette, son menton tremblant et son regard nerveux.

– Tu le connaissais? demanda-t-il, surpris.

– Je... Peut-être..., c'est le nom de mon père.

Pierson ne disait rien. Il la regardait seulement. Peu à peu l'indécision se peignit sur son visage.

– Qu'est-il devenu? demanda encore Sveti.

– Oui... Svetlana... Il avait une fille qui s'appelait Svetlana...

Il hocha longuement la tête, avant de demander :

– Qu'est devenue ta famille?

– Tous sont morts, morts du fléau, de la peste.

– Maintenant... tu es seule?

– Non, dit Sveti, non! J'ai Baboline et Liance, et Kali et tous les autres, mais je vous en prie, dites-moi...

Pierson hésita un moment, avant de se

décider à parler, mais Sveti avait compris.

– S'il est mort, souffla-t-elle dans un murmure, dites-le-moi quand même...

– Je suis désolé..., dit Pierson de sa voix grave,... ses blessures étaient trop importantes... Tiens! ajouta-t-il rapidement en détachant le plus beau des deux ceinturons qu'il portait. C'était à lui, il me l'avait donné, mais maintenant, il est à toi.

Sveti contempla longtemps le ceinturon qu'elle tenait de ses deux mains. Oui... des souvenirs confus se rattachaient à cet objet. Sa boucle brillante l'émerveillait quand elle était petite. Ses yeux s'embuèrent, mais elle ne pleurait pas. Son père était là, entre ses mains, et maintenant il ne la quitterait plus jamais.

***

Pierson appuya son arbalète contre sa joue, et ferma un œil pour viser.

– Ça ira, dit-il.

Il faisait froid, dans le moulin en ruine de l'entrée du village. Sveti s'était enveloppée dans sa couverture qu'elle serrait bien contre elle, et tapait de temps en temps contre le sol les sabots bourrés de paille que la femme lui avait donnés.

Il faisait gris et sombre, et voilà qu'il se remettait à neiger.

– J'aimerais mieux que tu t'en ailles, dit Pierson. Retourne donc dans la maison, c'est dangereux ici.

Sveti secoua la tête. Elle ne partirait pas, elle voulait voir le loup, sentir son odeur, frissonner. Il fallait qu'elle s'aguerrisse : peut-être en rencontrerait-elle dans la forêt... et que se passerait-il, alors?

En travers de la route, le cheval mort se couvrait peu à peu de neige vaporeuse.

– J'espère qu'il viendra, dit Pierson. Mon dernier loup m'a fait attendre trois jours... Mais je l'ai eu tout de même. Je les ai toujours. Parfois c'est difficile, parfois ça l'est moins, mais j'en viens toujours à bout. Drôle de métier, hein! On ne mange pas toujours à sa faim, mais l'hiver, on vit bien. Faut seulement pas craindre les engelures, et tant qu'il y aura des loups, ma subsistance est assurée.

Il se pencha pour jeter un coup d'œil par le trou du mur, qui avait sans doute été une fenêtre, et qui ouvrait maintenant un œil informe sur l'extérieur.

Soudain, Pierson s'immobilisa.

– Je le sens, dit-il. Il approche.

Sveti écouta, mais n'entendit rien.

Pierson lui avait fait signe de se mettre à l'abri et de ne pas bouger.

– Je le sens, comprends-tu, dans ma chair, dans ma respiration, par quelque chose dont je n'ai pas conscience. Ce n'est pas pour rien qu'on m'appelle Pierson-le-Loup.

Sveti se blottit dans un coin. De là, par la porte béante, elle verrait tout.

Lentement, sans faire le moindre bruit, Pierson avait tendu la corde de son arbalète et fiché la flèche dans la rainure. Ses gestes étaient précis et calmes. Il vérifia l'attache de son ceinturon et la position de son épée sous sa main.

Et c'est alors que Sveti l'aperçut : la bête était énorme, ses yeux rapprochés lançaient des regards furtifs, ses pas étaient lents et souples. On eût dit qu'elle glissait sur la neige, s'arrêtant de temps en temps, comme si son instinct l'avertissait mystérieusement d'un danger.

Pierson avait levé son arbalète d'un geste lent. Sa main ne tremblerait pas, et quand le loup approcherait du cheval, elle commanderait inconsciemment la détente de la corde.

Ce loup était le plus beau qu'il ait jamais vu, des yeux méfiants, une mâchoire énorme armée de dents impressionnantes, des pattes solides. Un vieux solitaire qui ne tomberait jamais dans un piège s'il n'était aussi affamé. Depuis des jours que les paysans le traquaient, il n'avait pas mangé...

La flèche siffla. Le loup eut un sursaut, ses pattes antérieures cédèrent : la flèche avait traversé l'épaule.

Pierson bondit dehors, et se jeta sur la bête. Alors le loup, se redressant, lui sauta à la gorge. Pierson frappa. Dans le ventre, n'importe où, en repoussant de toute la force de sa main gauche le cou musclé pour éloigner de son visage les crocs qui luisaient sous les babines retroussées.

Sveti se sentait oppressée. Elle entendait des battements dans ses oreilles. Le loup blessé semblait redoubler de vigueur. Le sang collait ses poils rudes, et gouttait lentement dans la neige. La poudre blanche voltigeait, rougissant peu à peu, neige et sang se mêlant. Sveti avait envie de vomir. Soudain, Pierson fut debout. Le loup à ses pieds eut un dernier soubresaut. C'était fini.

Pierson mit un genou en terre, pour examiner la bête avec calme. Dans ses yeux, pas de colère ni de rancœur. Il posa sa main sur le poil encore chaud, puis se redressa lentement. Ses yeux ne quittaient pas le loup étendu.

On entendit des cris du côté des maisons. On accourait de partout. On criait :

– Elle est morte, la charogne!

– Il l'a tué!

– Bête du diable, on t'a eue!

Et l'on poussait des cris de joie.

Pierson recula lentement vers le moulin. Il regarda sans rien dire les villageois se précipiter sur la dépouille du loup :

en un rien de temps, ils lui avaient passé une corde autour du cou, et le traînaient dans la neige en riant.

Il fut pendu à un arbre. Pierson prit ses quarante sols, ramassa son sac et repartit.

16. La horde des loups

Sveti n'avait pas voulu rester, malgré tout, malgré les injonctions de la femme, sa gentillesse :

– Demeure avec moi, tu seras comme ma fille.

Mais Patzi, c'était plus important que tout cela.

Elle avait emporté les sabots, pour faire plaisir, mais dut les abandonner dans la forêt : elle ne pouvait pas marcher avec ces poids aux pieds, et se cognait si souvent les chevilles que celles-ci étaient en sang.

Elle portait au bout de son bâton la serviette nouée dans laquelle la bonne

hôtesse de Spérac avait enfermé tant de nourriture et tant de conseils.
– Prends le chemin, et ne t'en écarte pas. Tu arriveras à Voulac, ils auront peut-être des nouvelles de ton ours.

Sveti regardait la neige fondre peu à peu tout autour de ses pieds nus, et les rayons du soleil, se frayant un passage à travers les branches dénudées, décelaient mille diamants, brillant chacun d'un éclat particulier.

Quand le soleil tournerait, ils s'éteindraient pour faire place à d'autres, mais Sveti ne serait plus là. Il fallait qu'elle continue, sur le chemin qui montait maintenant à travers les sapins blancs et lourds, qu'elle cherche, jusqu'à ce que ses yeux fatigués découvrent enfin la trace sombre des grosses pattes.

Au fond, la neige lui était une aide, en lui révélant tout passage d'animal, mais elle brûlait les yeux qui voulaient voir trop de choses.

Ce soir, elle devrait être à Voulac, à l'abri de la neige et des loups. Sveti reprit son bâton. Il ne fallait pas qu'elle se laisse gagner par le froid et le découragement. Et surtout, ne pas se demander si elle reverrait jamais l'ours.

Même si elle tenait à se répéter sans cesse : « Il faut que je le retrouve », elle commençait à sentir confusément que l'avoir perdu n'était peut-être pas le pire. Le pire..., le pire serait qu'il l'ait oubliée. Jusqu'à présent, elle avait toujours été persuadée que lui aussi la cherchait à travers la forêt blanche... et voilà que son cœur se serrait... Et s'il s'était endormi quelque part, s'il avait trouvé un abri pour hiberner comme le font tous ceux de sa race? Si l'instinct était plus fort que l'amitié...

Si elle ne le retrouvait pas, elle ne saurait jamais, jamais de sa vie, et ce serait épouvantable.

Non... cela ne pouvait pas être... L'ours la cherchait, malgré la neige, malgré les nuages qui s'amoncelaient au-dessus des sapins. Il parcourait la forêt, humant l'air du soir, celui qui révèle le plus de parfums, à la recherche de la piste de son amie. Son odorat était exceptionnel, il la trouverait.

... Mais s'il était parti à la recherche de

la troupe, croyant qu'elle, son amie, l'avait abandonné pour suivre la caravane? S'il avait aussi peu confiance en elle... Mais ne venait-elle pas de douter de lui? Il valait mieux chercher, sans penser à rien.

– Patziiii...

Les flocons recommençaient à tournoyer doucement sur fond de ciel noir et de sapins fantomatiques. Il fallait manger, pour oublier le soir qui tomberait trop vite sous les nuages sombres et dissoudre la boule qui bloquait la gorge.

Le morceau de pain qu'elle grignotait tout en marchant avait du mal à passer. Elle mit dans sa bouche un peu de neige fraîche pour le faire descendre. Le plus dur à supporter était peut-être le silence, qui masquait tous les dangers.

La forêt devenait de plus en plus serrée et... Sveti regarda tout autour d'elle : elle avait dû se tromper, il n'y avait plus de chemin! Sous cette couche blanche, tout se confondait... Il fallait revenir sur ses pas, trouver l'embranchement qui aurait pu l'induire en erreur.

Elle suivit ses pas à l'envers, en courant sur ses pieds menus. Elle ne faisait plus attention à se glisser entre les sapins, et cognait dans les branches, qui se déchargeaient sur elle de leur poids de froidure.

Avec la nuit qui tombait, elle ne verrait bientôt plus rien. Le picotement de ses yeux, il fallait qu'il s'arrête. Elle s'était juré de ne plus pleurer, et déjà, elle n'avait pas tenu sa promesse quand Patzi s'était sauvé. D'ailleurs, tout cela, ça n'était rien, rien du tout! Si la nuit tombait, elle se glisserait sous une branche basse de sapin, bien large, elle nettoierait la neige et s'en ferait un rempart tout autour.

Elle serait à l'abri. Une fille comme elle ne se laissait pas arrêter par ces petites choses.

Elle se donna quelques claques vigoureuses pour se calmer un peu, et leva les yeux vers le ciel : l'abri, il vaudrait mieux le découvrir tout de suite...

***

La nuit était froide et blanche. Dans

son abri improvisé, où elle tenait à peine assise, Sveti avait ramené ses genoux contre elle, pour ne rien gaspiller de sa précieuse chaleur. Le froid ne l'effrayait pas, habituée qu'elle était à dormir dehors par tous les temps, mais si elle avait eu une seconde couverture...

Le comte devait s'inquiéter pour elle, et Baboline, et Montmirail, et tous les autres. La troupe était certainement partie à sa recherche. Elle voulait penser à eux, rien qu'à eux, pas à ces hurlements qui avaient déchiré le soir.

De toute façon, elle était bien à l'abri, ici. Siloun avait dû galoper de toute la force de ses petites pattes frêles, Baboline tressautant sur son dos... Les hurlements ne se rapprochaient-ils pas?... Mais elle n'aurait rejoint la troupe qu'au château. Alors, le comte aurait dit...

Un souffle, contre le mur de neige... elle l'aurait juré. Un animal qu'elle n'avait pas entendu venir. Puis plus rien. Et au bout de quelques secondes...

Sveti mit ses mains sur ses oreilles. L'air avait vibré. Le cri du loup est reconnaissable entre mille, vous glace le sang, et ce cri était un appel à la meute.

Bientôt, ils seraient tous là. Mon Dieu, il fallait faire vite, vite...

Son abri ne tiendrait pas! Au loin, une réponse dans la nuit. Les idées s'entrechoquaient, la fuite était impossible. Rester, c'était la mort... Que faire, que faire?... Sveti se tordait les mains. Si Patzi était là... lui qui chassait le loup avec tant de fureur...

Au-dessus d'elle, le sapin..., oui, le sapin! C'était sa seule chance. Dans la petite entrée de son abri, le souffle du loup devenait plus saccadé. Il était gêné par les branches qu'elle avait disposées, mais il arriverait à forcer l'entrée.

D'une main tremblante, Sveti dégagea la neige contre le tronc. Pourvu que le loup ne s'en aperçoive pas! Le tronc, on ne le voyait pas de l'extérieur, tant le sapin était touffu, et cela jouait en sa faveur. Mais le loup, ce n'était pas seulement des yeux perçants, c'était aussi un odorat très fin. Saurait-il déceler si son odeur se déplaçait? Certainement... alors, il fallait faire vite et sans hésitation. Dégager un trou assez grand..., le loup s'énervait dans l'entrée..., se glisser sans perdre une seconde le long du tronc.

Sveti ne sentit même plus le froid de la nuit. Elle accrocha son bras à la branche qui servait de toit à son abri, et s'y hissa d'un seul élan. Trouver sous sa main une autre branche... Ces nuages qui venaient de cacher la lune...

Sa main agrippa une branche de sapin, une branche trop petite, qui cassa net. Le grognement surpris du loup... Alors, Sveti s'affola. Elle monta. Elle ne sut jamais comment. Elle monta, c'est tout.

Elle était hors de portée, et la meute était là, à ses pieds, sans même qu'elle l'ait entendu arriver; la lune éclaira les ombres noires sur le sol blanc, des ombres rampantes, qui ne la quittaient pas des yeux, en sortant des crocs luisants. Maintenant, le froid l'enveloppait tout entière, ou peut-être était-ce la peur qui la paralysait. La peur toute simple, qui peu à peu remplaçait en son cœur la terreur qui l'avait hissée jusqu'en haut de l'arbre.

Elle ouvrit la bouche pour avaler de l'air. Il lui semblait n'avoir pas respiré depuis si longtemps! Et alors, le loup avait levé la tête vers elle, pour lancer son cri de mort. Hououou... Pas un souffle de vent pour dévier le hurlement, pour lui ôter sa réalité. Et soudain, comme sur un ordre supérieur, la meute se retira lentement. Il ne resta plus que trois loups.

Sveti avait enserré de ses bras minces le tronc rugueux du sapin. Elle pourrait rester ainsi longtemps, jusqu'à ce que le froid la pétrifie, jusqu'à ce que la fatigue l'engourdisse. Les loups attendraient... ils attendaient toujours.

La nuit était redevenue d'un noir d'encre, la lune avait de nouveau disparu, sans apaiser les cris des loups. Ils hurlèrent jusqu'au matin.

Depuis que le vent s'était levé, Sveti ne sentait plus rien, ni ses pieds ni ses mains, ni ses bras qui enserraient toujours l'arbre parce qu'ils ne savaient plus faire autre chose. La neige s'était remise à tomber, en flocons énormes, voltigeant, ne sachant où se poser.

Et tout à coup, les hurlements cessèrent. Il y eut quelques grognements, quelques cris gutturaux. Sveti ouvrit les yeux. Un rugissement plus grave que les autres l'avait atteinte en plein cœur : un ours se battait avec les loups.

Sveti ouvrit la bouche. Elle voulut crier, mais elle ne pouvait pas... Patzi. Patzi était là. Il avait entendu le message de mort des loups, ou bien il avait suivi sa piste, elle ne le saurait jamais, mais il était là.

Elle faillit pleurer. Le vent qui plaquait les flocons sur son visage, ce n'était plus rien; dans la tempête blanche, au milieu des grondements féroces, une fillette priait.

Sveti avait fermé les yeux. Dans sa tête, une cloche... Non, ce n'était pas dans sa tête, c'était là, droit devant! Patzi avait tué deux loups. Une cloche. Oh! Patzi, je la reconnais, c'est la cloche d'Aubrac, celle des tempêtes, oh, Patzi! nous sommes sauvés!

⁂

– Il faut soigner Patzi, bredouilla Sveti. Il faut soigner Patzi.
– Ne t'inquiète pas, dit une voix calme près d'elle, une voix de femme. Si c'est de ton ours que tu parles, nous nous en sommes occupées.

Sveti n'arrivait pas à ouvrir les yeux. Il lui semblait qu'elle était allongée quelque part, dans un endroit doux et chaud.

– Je lui ai baigné les pieds et les mains à l'eau chaude, murmura la femme. Il faudrait pousser son lit près du feu, pour qu'elle se réchauffe.
– Elle n'est pas blessée? demanda une voix d'homme.
– Quelques égratignures seulement, mais elle semble à bout de forces.
– Et l'ours?
– D'après la nature des blessures, il a dû se battre contre des loups. J'ai fait ce que j'ai pu.
– S'est-il laissé soigner?
– Il n'a pas bronché... et, vous l'avouerais-je?... je n'étais pas très rassurée. Sœur Cécile lui a passé une corde autour du museau, mais je confesse que mes

mains tremblaient un peu. L'animal semble très affaibli. Il a perdu beaucoup de sang, mais il me paraît solide, autant que je puisse en juger : c'est bien la première fois qu'il m'est donné de porter secours à un ours... et je crois que je ne l'oublierai pas de si tôt!

Sveti ouvrit les yeux. Elle se rappelait tout : les loups, la marche dans la neige, la cloche, et Patzi qui saignait, son poil tout collé, la tempête qui les aveuglait...

– Où est Patzi?

– Chuuut! Il est là, près de toi. Il dort. Ne crains rien et repose-toi.

La voix s'éloignait peu à peu, elle se mêlait à d'autres, jusqu'à ne plus devenir qu'un murmure confus.

Près de la cheminée, les religieuses se rassemblaient, après la visite des malades.

– Avez-vous bien secoué les vêtements au-dessus du feu, sœur Elodie?

– Bien sûr, ma mère. J'ai fait tomber la vermine avant de laver le tout! Par ce temps, les pèlerins n'ont guère eu l'occasion de le faire eux-mêmes. Rarement j'ai vu vêtements aussi sales!

– La grande femme dure est repartie. Elle a laissé son fils ici. Elle m'a dit : « Puisque Dieu l'a fait difforme, qu'Il s'en occupe lui-même. »

– Que dit l'enfant?

– Il est content. Il dit qu'il est mieux ici que chez lui, il a proposé de m'aider à la cuisine.

– Par ailleurs, il est arrivé cinq pèlerins hier au soir, plus la petite et son ours, ce matin.

– Lui avez-vous demandé son nom?

– Je n'ai pas pu, mais nul doute que ce soit elle. Une fillette et un ours, perdus dans les forêts d'Aubrac, il ne peut y avoir de confusion.

– Il faudra prévenir cet homme, le comte de Petite-Egypte, il semblait si inquiet!

– Il va revenir... Il avait dit trois jours, il me semble... alors, il sera là demain.

– C'est vers le Nord qu'il comptait mener ses recherches?

– Je ne sais. La troupe est partie battre la forêt, mais j'ignore où elle peut se trouver. Le mieux est d'attendre ici, et

de garder la petite jusqu'à son retour.
– Allons, mes sœurs, il est temps de préparer la soupe. Dans le bâtiment des hommes, on commence à avoir faim.

⁂

– Ne reste pas dehors, petite, tu vas prendre froid.

Sveti secoua la tête : la religieuse ne l'entraînerait pas de force dans l'hospice.

– S'ils arrivent, continua la sœur, tu les verras aussi bien de l'intérieur!

Sveti secouait toujours la tête sans rien dire.

– Ne t'inquiète pas tant, voyons, ils sont plusieurs, et ils sont armés!

– Les loups sont nombreux, dit lentement Sveti.

– Promets-moi de rentrer, je te laisse encore quelques minutes, mais rien n'ira mieux si tu attrapes du mal!

La religieuse avait disparu. Bientôt, le soleil se coucherait, et ils n'étaient pas là.

Sveti posa sa tête sur celle de l'ours, en prenant bien soin de ne frôler aucune blessure. Ils étaient sauvés, tous les deux, et maintenant, à cause d'eux...

Tout était blanc, à perte de vue. Les routes traçaient des sillons unis à travers les forêts de neige, si loin, aussi loin qu'on pouvait voir du clocher...

L'ours avait levé la tête. Son museau

noir et mobile venait de saisir une odeur...

Sveti tressaillit. De l'espoir dans ses yeux, qui glissèrent rapidement le long des routes. L'air se fit plus léger. D'un geste délicat, elle avait entouré le cou puissant de l'ours :

– Patzi... Ces points noirs sur le chemin... Tu as raison... Ce sont eux!

Table des matières

Castor Poche

Des livres pour toutes les envies de lire,
envie de rire, de frissonner,
envie de partir loin
ou de se pelotonner dans un coin.

Des livres pour ceux qui dévorent.
Des livres pour ceux qui grignotent.
Des livres pour ceux qui croient ne pas aimer lire.
Des livres pour ouvrir l'appétit de lire et de grandir.

Castor Poche rassemble des textes du monde entier ; des récits qui parlent de vous mais aussi d'ailleurs, de pays lointains ou plus proches, de cultures différentes ; des romans, des récits, des témoignages, des documents écrits avec passion par des auteurs qui aiment la vie, qui défendent et respectent les différences. Des livres qui abordent les questions que vous vous posez.

Les auteurs, les illustrateurs, les traducteurs vous invitent à communiquer, à correspondre avec eux.

Castor Poche
Atelier du Père Castor
4, rue Casimir-Delavigne
75006 PARIS

Castor Poche, des livres pour toutes les envies de lire: pour ceux qui aiment les histoires d'hier et d'aujourd'hui, ici, mais aussi dans d'autres pays, voici une sélection de romans.

635 Sauvez Willy 3 **Junior**
par Todd Strasser
Jesse est presque un homme désormais. Il n'a rien perdu de sa passion pour les orques, et il travaille avec Randolph pour leur protection. Il retrouve Willy tous les ans. Mais leur route va croiser des pêcheurs prêts à tout pour capturer des orques. Max, un jeune garçon, va les aider de tout son cœur...

616 Le gardien du chateau **Senior**
par Nadine Brun-Cosme
Trois nouvelles, Le gardien du château, Maël, La maison d'en bas, qui évoquent l'attente de l'autre, l'émoi de la rencontre, la douleur de l'absence, mais aussi la joie de la rencontre. Laissons les mots ouvrir la porte du souvenir, saisir les sensations fugaces du temps qui passe.

615 Le dresseur d'ours **Senior**
par Harriet Graham
Avant d'être apprenti-tanneur, Guillaume a connu la douceur d'une famille heureuse. C'était avant, avant la mort de son père, avant le remariage de sa mère... il y a si longtemps. Mais Guillaume a le don de dresser les ours, don très convoité en ces temps où les ours apprivoisés vont de ville en ville, de pays en pays... Guillaume part pour un long voyage avec une troupe de saltimbanques.

614 La vengeance d'Emily Upham **Junior**
par Avi
Le père d'Emily est ruiné et mêlé à une histoire de hold-up ! C'est beaucoup d'émotions pour la jeune et précieuse Emily. Seth Marple, un jeune va-nu-pieds, propose de l'aider. Mais quelle aide ! Entre Seth l'intrépide et la précieuse Emily la rencontre est explosive.

605 Le puits **Senior**

par Mildred D. Taylor

La sécheresse est terrible, elle a tari tous les puits de la région. Tous sauf celui des Logan, famille de fermiers noirs aisée. Les Logan partagent cette eau précieuse de grand cœur, avec tous. Mais en 1910, dans le Sud américain, les rancœurs contre les noirs persistent ; tout au long de l'été, la tension va monter…

600 Le jour de la photo **Junior**

Par Corinne Fleurot

La Grande Catoche règne sur l'école. Décidée, voire tyrannique, elle domine la cour de récréation. Hélène vit dans l'ombre de son aînée, pourtant, le jour où la Catoche subira une grande humiliation publique c'est auprès d'Hélène qu'elle trouvera la force de faire face. Solidaires dans l'épreuve, les deux sœurs tisseront une vraie complicité.

598 Un Périgourdin aux Indes
Les Tibeyrant **Senior**

par Thalie de Molènes

François et Edmée coulent des jours tranquilles à Plazac. Mais François reçoit un appel au secours de Kamala : Edmond, son fils, a disparu. François part aux Indes, à la recherche de son neveu et de Louis de Ponchapt, le fils d'Edmée. Avec son compagnon de route Yvon, il va traverser l'Inde de la fin du XVIIIe siècle…

594 Célestine ou les parfums caméléons **Junior**

par Marie Saint-Dizier

À Ici-bas, où règne le tyrannique Mister Nose, Célestine rencontre une bande de chiens errants. Ils ont perdu la mémoire de leur vie d'antan. Bientôt des chiens disparaissent, ils ont suivi un parfum, évocation d'un souvenir délicieux. Célestine, seule, pressent que ces parfums diffusent un piège pour ses amis…

590 Le champ de personne — Senior

par Daniel Picouly

Le Mohican, onzième d'une famille de treize enfants vit dans un petit pavillon de banlieue. Sa famille, grande tribu généreuse, est solidaire et la vie n'est jamais monotone pour le Mohican, entre le football (sa grande passion) et les dictées (sa terreur), entre rêves et rires. *Le champ de personne* est la chronique d'une journée comme les autres...

589 L'homme de l'autre côté — Senior

par Uri Orlev

En 1942, Marek vit à Varsovie et aide son beau-père à convoyer des marchandises vers le ghetto des juifs. Il éprouve à leur égard une certaine défiance. Quand sa mère lui apprend que son père était juif communiste, et mort en défendant ses idées, le jeune homme s'engage dans la lutte.

581 Ce cher Monsieur Dieu — Senior

Par Klaus Kordon

Monsieur Dieu n'est pas un facteur pas comme les autres : il substitue les lettres annonçant de mauvaises nouvelles à ses amis et les remplace par de bonnes nouvelles. Mais un jour, le pot aux roses est découvert...

580 La sœur de mon frère — Senior

Par C. S. Adler

L'arrivée de Youn Hee, petite coréenne que sa mère a décidé d'adopter, est difficile pour Caitlin. Youn Hee n'est venue que pour retrouver son petit frère, Simon, dans la famille depuis longtemps, et complètement américain. Caitlin fera tout pour tenter d'apprivoiser sa nouvelle sœur.

579 La lettre déchirée **Senior**

Par Ella Balaert

Pas facile d'avouer qu'on ne sait pas lire, quand on a treize ans. Stéphane, muré dans la solitude depuis le départ de son père, se débat comme il peut dans un monde de mensonges et de dissimulations. Mais son secret lui pèse de plus en plus. Jusqu'à quand pourra-t-il le taire?

578 Roues libres en Californie **Senior**

Par Gary Soto

Hector et Mando, pour échapper à l'ennui d'un été désœuvré, partent vers la plage de Santa Monica à vélo. C'est l'occasion de faire la tournée de la nombreuse famille d'Hector, truculente à souhait et aussi selon les quartiers où oncles et tantes habitent. En avant pour une balade chez les «chicanos»...

576 Laissez danser les ours blancs **Senior**

Par Ulf Stark

Après le divorce de ses parents, Lasse part s'installer avec sa mère chez son nouvel ami, qui décide de transformer le jeune homme cancre et fils de boucher, en bon élève bourgeois modèle. Lasse joue le jeu, et s'éloigne peu à peu de son père. Entre ces deux mondes, Lasse a bien du mal à retrouver sa place et ses repères.

572 Sous le soleil de minuit **Senior**

Par Simone Schmitzberger

Pour Max, ce camp de vacances itinérant en Norvège commence mal. Malgré sa bonne volonté, il n'arrive pas à faire rire sa charmante voisine, à la mine renfermée. Heureusement, Marie lui sourit. Au fil de leur périple, les adolescents vont apprendre à mieux se connaître, des amitiés vont se nouer, des drames vont se jouer.

571 Moi-je **Senior**

Par Gérard Moncomble

Quand on a treize ans et des tonnes de ras-le-bol, on s'invente une île déserte. C'est là que Léo va rencontrer Moi-je. Un drôle de garçon qui a l'air de sortir tout droit d'un roman. Mais jouer les Robinson, ça réserve des surprises.

568 L'enfant **Senior**

par Jules Vallès

Au XIXe siècle, l'enfant, Jacques Vingtras, vit entre son père instituteur, qui nourrit d'ambitieux projets pour lui, et sa mère autoritaire et sévère. Dans cet univers de rigueur et de brutalité, Jacques va grandir et découvrir la vie…

561 Dakia, fille d'Alger **Senior**

Par Dakia

Comment peut-on étudier alors que votre vie est sans cesse menacée, que des attentats aveugles tuent? Comment continuer à espérer alors que vos parents vivent dans la clandestinité et qu'il faut changer tous les soirs de maison? Voici le témoignage de Dakia, collégienne à Alger, musulmane, et prise dans la tourmente d'une histoire qui la dépasse…

558 Au galop, Raspoutine ! **Junior**

par Sigrid Heuck

Marouchka, jeune tzigane, détient de son grand-père le don de dresser les chevaux... Mais sa tribu se disloque, et doit vendre les chevaux. Marouchka a le cœur brisé, pourtant, au palais impérial où elle a trouvé du travail, son savoir fait merveille. C'est la guerre et les complots se trament à la Cour. Voici Marouchka devenue espionne, elle accomplira bien des missions secrètes avec Raspoutine, son cheval retrouvé.

556 En route pour Wembley **Senior**

Par Kim Chapin

Marty n'est pas premier de la classe, non, et d'ailleurs cela ne l'intéresse guère. Il préfère vivre très près la carrière des Bombers, son équipe de football favorite. Malgré ses débuts de saison difficile les Bombers se retrouvent en fin du championnat de la Coupe de la F. A. Marty sera leur mascotte…

549 Le combat du berger **Senior**

par Bertrand Solet

En Italie, au Ve siècle avant J. – C., Sybaris et Crotone sont deux villes rivales. Titorme, berger doté d'une force phénoménale, tue lors d'une bagarre le frère de sa fiancée, Lydia. Il fait alors le serment de ne plus jamais se battre. Lorsque la guerre éclate entre les deux villes, Titorme affronte un cruel dilemme : sera-t-il fidèle à son serment ?

544 Prince de la Prairie **Junior**

par Celia Barker Lottridge

Sam arrive avec toute sa famille dans la Prairie canadienne pour y construire une ferme. Les enfants reçoivent un cheval, Prince, pour les mener à l'école qui est très loin. L'hiver arrive et le fourrage va manquer pour le bétail. Il faut lâcher Prince dans la nature ; pour Sam, c'est le déchirement…

540 La révolte des Jeanne Les Tibeyrant **Senior**

par Thalie de Molènes

François Tibeyrant a grandi, élevé par son oncle Pierre. Ce dernier lui a communiqué sa passion de guérir et François, à son tour, sera médecin. Le XVIIIe siècle s'achève sur les rumeurs de la Révolution qui parviennent jusqu'à Plazac. Ce monde nouveau qui s'annonce va déclencher les passions, les haines, bouleversant l'ordre établi. Jeanne Desbordes, figure de la sagesse ancienne, va cristalliser la révolte des femmes de Plazac, bien décidées à prendre leur destin en main…

535 L'année Rase-Bitume — Junior

Par Philippe Barbeau

Dur de reprendre les cours pour les élèves de 5e spécialisée. Surtout quand on sait que le professeur est une armoire à glace, qui a pour consigne de mater cette classe à la réputation difficile. Mais, surprise ! Le monstre en question s'avère être un petit bout de femme et la rentrée scolaire a soudain une autre saveur…

534 Saturnalia — Senior

par Paul Fleischman

Capturé au cours d'une bataille entre colons et Indiens, William a été adopté par une famille d'imprimeurs de Boston. Chez les Currie, on renoue avec l'antique tradition des fêtes saturnales; une fois par an les rôles sont inversés, les maîtres sont employés et vice versa. C'est l'occasion de festoyer joyeusement. William est heureux de sa nouvelle vie, pourtant, il éprouve souvent le désir de renouer avec les siens.

532 Cap sur l'Ouest — Senior

Par Betsy Byars

Le grand-père de Birch doit partir en résidence de retraite. En vendant son Piper Cub, un petit avion biplace, il renonce à son plus beau rêve: traverser les États-Unis d'est en ouest. Birch, à treize ans, mesure la peine de son grand-père. Elle saura le convaincre de réaliser son vœu le plus cher. Ensemble, ils filent pour la grande traversée…

530 Le chasseur de mouches — Junior

Par Danièle Fossette

Danièle Fossette À Madagascar la vie n'est pas comme ici, pas du tout. Et Mamy, à sept ans, a déjà une longue expérience derrière lui. Il a été chasseur de mouches, voleur de chaussures, gardien de voitures… avant d'être confié à une institution qui lui trouvera des parents en France. Mamy exprime ce décalage entre ses deux vies avec ses mots, ses images, son amour de la vie, plus fort que tout.

525 **Quoi qu'il arrive** **Senior**

Par Frances Temple

« S'ils me prennent, fuyez, quoi qu'il arrive ! » Felipe a entendu son père le murmurer à sa mère, un soir. Aussi lorsque Jacinto disparaît, il sait qu'avec sa mère et sa sœur, ils doivent quitter leur pays, le Salvador. En bus, en stop, à pied, ils avancent ; leur but ? Le Canada…

522 **Les retrouvailles** **Senior**

Par Marilyn Sachs

Molly n'a pas revu sa sœur depuis l'accident qui a coûté la vie à ses parents, huit ans plutôt. Elle est très émue à l'annonce de l'arrivée de Beth, inquiète aussi : qu'ont-elles à partager après tant d'années ? Pourquoi Beth est-elle si agressive ? Quel est le secret qui la tenaille ?

521 **Sauvez Willy 2** **Junior**

par Jordan Horowitz

Deux années ont passé. Jesse est heureux avec Glen et Annie et espère bien revoir Willy au cours de ses vacances au bord de la mer. Willy est là, il a retrouvé sa mère, ses frère et sœur, mais n'a pas oublié Jesse. Bientôt, un pétrolier s'échoue sur la côte, provoquant une marée noire dévastatrice. Les orques sont en danger !

518 **Le chat qui aimait la pluie** **Junior**

Par Henning Mankell

Luc a reçu un chaton pour son anniversaire, un chaton tout noir, qu'il appellera Nuit ! Très vite, Luc sait que Nuit sera son meilleur ami, pour toujours. Mais Nuit disparaît, et commence une longue, une très longue attente.

Cet
ouvrage,
le cent vingt-troisième
de la collection
CASTOR POCHE,
a été achevé d'imprimer
sur les presses de l'imprimerie
Maury Eurolivres
Manchecourt - France
en août 1998

Dépôt légal: septembre 1998.
N° d'édition : 4460. Imprimé en France.
ISBN: 2-08-164460-6
ISSN: 0763-4544
Loi n° 49-956 du 16 juillet 1949
sur les publications destinées à la jeunesse